MAGNUS MILLS

DAS PARADIES MÖGLICHERWEISE

MAGNUS MILLS

DAS PARADIES MÖGLICHERWEISE

ROMAN

Deutsch von Sylvia Spatz

carl's books

Die Originalausgabe erschien 2015 unter dem Titel
»The Field of the Cloth of Gold« bei Bloomsbury, London.

MIX
Papier aus verantwortungsvollen Quellen
FSC® C014889
FSC
www.fsc.org

Verlagsgruppe Random House FSC® N001967

1. Auflage

Umschlag: semper smile, München
Satz: Uhl + Massopust, Aalen
Druck und Bindung: Friedrich Pustet, Regensburg
Printed in Germany
ISBN 978-3-570-58560-3

www.carlsbooks.de

Für Sue

Nach ungefähr einer Woche schickten sie eine Nachricht herum. Sie hätten zu viel Milchpudding und seien bereit, ihn mit uns zu teilen, wenn wir uns um zwölf Uhr mittags in ihrem Camp einfänden. Wir sollten lediglich eigene Löffel und Teller mitbringen. Das Angebot war zweifellos großzügig, aber den Ton der Einladung fanden wir recht barsch. Offenbar war ihnen irgendein Fehler unterlaufen. Soweit wir in Erfahrung bringen konnten, lag die Schuld eindeutig bei den Köchen: Anscheinend hatten sie die Zutaten falsch bemessen.

»Wozu um Himmels willen brauchen die überhaupt Köche?«, fragte Isabella. »Können die nicht selbst kochen?«

Seit Tagen schon ereiferte sie sich über die Neuankömmlinge, und jetzt hatte sie einen weiteren Anlass zur Kritik gefunden.

»Ich bin nicht sicher«, antwortete ich, »aber wahrscheinlich ist es nur eine Frage der Organisation. Es sind ja recht viele Leute, und vermutlich halten sie es für geschickter, die Aufgaben zu verteilen. Das nennt man Arbeitsteilung. Einige fungieren als Lastenträger, andere kümmern sich um die Zelte oder waschen Kleidung, und wieder andere übernehmen das Kochen.«

»Und manche tun gar nichts«, sagte Isabella.

»Ja, das ist mir auch aufgefallen.«

»Außer Befehle zu erteilen.«

»Vielleicht sind die Befehle notwendig, damit im Camp alles reibungslos abläuft. Du musst zugeben, es macht alles einen sehr effizienten Eindruck.«

»Na, wenn es doch so effizient funktioniert«, fragte Isabella, »warum haben sie dann mit einem Mal zu viel Milchpudding?«

Eine gute Frage. Ein Fehler dieses Ausmaßes war sicher ungewöhnlich. Alles, was sie seit ihrer Ankunft unternommen hatten, schien Teil einer sorgfältig geplanten Aktion zu sein. Wir hatten sie dabei beobachtet, als sie von Süden kommend mit allerlei Ausrüstung, Vorräten und Gepäck den Fluss überquerten. Trupps von Lastenträgern eilten in aufeinander abgestimmten Staffeln zwischen den Ufern hin und her; deshalb gab es keine überflüssigen Wege oder Gegenstände, die am falschen Ort landeten. Den Standort hatten sie sich zweifellos vorher ausgesucht. Wir bestaunten die Art und Weise, mit der sie ihre Zelte perfekt parallel zueinander aufstellten. Der Platz für jedes Zelt war genau markiert. Alle Zelte hatten genau die gleiche Größe, Farbe und Form, alle hatten die gleiche Ausrichtung und den gleichen Abstand zu den Nachbarzelten. Von der Hauptgruppe der Zelte etwas entfernt standen einige Kommandozelte. Dazwischen verlief ein paralleler Durchgang, den wir bereits scherzhaft *Hauptstraße* getauft hatten, weil es dort von hin und her eilenden Uniformierten nur so wimmelte. Auf jeder Zeltspitze wehte ein weißer Wimpel.

Als die Aufbauarbeiten beendet waren, nahm die neue Siedlung den gesamten südöstlichen Teil des Feldes ein. Um ihre Außengrenzen verlief ein niedriger Lattenzaun, und an jeder Ecke stand ein Fahnenmast. Das Camp war an einem einzigen Tag entstanden; sein Aufbau war von einem Landvermesser, einem Quartiermeister und einem Bauinspektor überwacht worden. Die logistische Maßarbeit war erstaunlich, und doch hatten sie es fertiggebracht, zu viel Milchpudding zu kochen.

»Ein bedauerlicher Fehler«, kommentierte ich.

Isabella blickte zu den Zelten in der Ferne; dann sagte sie: »Du nimmst ihr Angebot also an?«

»Ja«, entgegnete ich. »Du etwa nicht?«

»Nein.«

»Warum nicht?«

»Weil sie ungehobelt sind!«, blaffte sie. »Sie tun die ganze Zeit so, als wären wir nicht da, und haben sich nicht einmal die Mühe gemacht, sich uns in aller Form vorzustellen.«

Ich hätte Isabella erwidern können, dass sie sich nur an die eigene Nase fassen müsse. In der Tat hatte sich niemand von uns auch nur im Geringsten bemüht, die Neuen willkommen zu heißen. Stattdessen hatten wir sie aus der Ferne bei ihren Arbeiten beobachtet und waren nicht auf sie zugegangen. Mit der Folge, dass wir mit einem Mal die Außenseiter waren und uns am Rand wiederfanden, nicht zuletzt weil sie in der Überzahl waren. Jetzt hatten sie eine Einladung ausgesprochen, und Isabella war fest entschlossen, sie abzulehnen. Und selbstverständlich war es unter ihrer Würde, zu ihnen hinüberzugehen und sich in aller Form vorzustellen. Ich wusste aus Erfahrung, dass mit Isabella jede Diskussion sinnlos war.

»Hast du schon mit den anderen geredet?«, fragte ich.

»Ja«, sagte sie. »Sie gehen da nicht hin.«

»Und vermutlich ist nicht einmal Hen interessiert?«

»Ganz bestimmt nicht.«

»Somit bin ich der Einzige«, sagte ich. »Ein einsamer Gesandter.«

»Du machst das schon, da bin ich sicher«, sagte Isabella. »Es ist schon fast Mittag, du solltest dich beeilen, damit du rechtzeitig zu diesem Festmahl erscheinst.«

Ich warf einen Blick hinüber zu Hens Zelt. Er war weit und breit nicht zu sehen, und ich nahm an, dass man ihm von dem Angebot nichts gesagt hatte. Ich hätte ihn gerne informiert, doch dazu war es jetzt zu spät. Ich kontrollierte mein äußeres Erscheinungsbild, um sicher zu sein, dass ich einen ordentlichen Eindruck machte. Dann ging ich in den Südosten; ich spürte, dass mir die Blicke aller Bewohner des Feldes folgten.

Es war ein klarer stürmischer Tag, und die Wimpel flatterten im Wind. Als ich auf die äußere Zeltreihe zuging, wurde mir bewusst, dass ich dieses Stück Land seit sehr langer Zeit nicht mehr betreten hatte. Unter meinen Füßen wuchs dichtes saftiges Gras, und ich erinnerte mich, wie vielversprechend dieses Gebiet mir beim allerersten Mal erschienen war. Aus der Nähe betrachtet, waren die Zelte überraschend klein. Sie waren gelbbraun und durch und durch zweckmäßig; in der Mitte hatten sie lediglich eine einzige Stange, von der die Zeltplane nach allen Seiten abfiel. Der Komfort der Zeltbewohner war augenscheinlich nicht in Betracht gezogen worden. Andererseits machte der Zeltstoff den Eindruck, als würde er auch extremen Wetterverhältnissen standhalten. Die Kommandozelte waren viel geräumiger; eines von ihnen diente als Küche. Ich war gerade davor stehen geblieben, weil ich nicht sicher war, wie ich mich verhalten sollte, als unvermutet ein Trompetenstoß die Mittagszeit ankündigte. (Diese Trompete stand auf Isabellas Beanstandungsliste an oberster Stelle: Sie ertönte tagtäglich bei Sonnenaufgang, am Mittag und bei Sonnenuntergang und verärgerte sie jedes Mal. Isabella stand gerne frühestens drei Stunden nach Tagesanbruch auf, und wenn ihr Schlaf unterbrochen wurde, hatte sie fast den ganzen Tag schlechte Laune. Mir hingegen gefiel es, die Trompetenstöße durch die Plane meines Zelts zu hören; doch selbst ich musste zugeben, dass sie aus relativ kurzer Entfernung ein wenig zu laut waren. Ich erschreckte mich sogar.) Mit einem Mal strömten Menschen auf das Küchenzelt zu. Eine Zeltplane wurde zurückgeschlagen, und ein Mann erschien; ich erkannte in ihm den Boten, der die Einladung überbracht hatte. Er winkte mir zu, ich solle doch eintreten.

»Ausgezeichnet«, sagte er. »Du hast deinen Teller und Löffel dabei. Du kommst als Erster dran.«

Vor der Ausgabe warteten bereits einige Leute in einer Schlange, aber er führte mich geradewegs an ihnen vorbei und stellte mich den Köchen vor.

»Sorgt dafür, dass er eine reichliche Portion bekommt«, wies er sie an, ehe er verschwand.

Die Köche machten auf mich einen etwas niedergedrückten Eindruck. Sie waren zu dritt, und jeder von ihnen trug eine weiße Kochmütze. Sie standen hinter riesigen gusseisernen Kesseln und rührten verdrießlich darin herum.

»Warm oder kalt?«, sagte einer von ihnen.

Mit dieser Frage hatte ich nicht gerechnet. Um ehrlich zu sein, hatte ich noch niemals Milchpudding gekostet und war daher unsicher, wofür ich mich entscheiden sollte.

»Was würdest du mir empfehlen?«, erkundigte ich mich.

»Es ist heute ziemlich kühl für die Jahreszeit«, sagte er. »Ich würde mich für warm entscheiden.«

»Einverstanden«, sagte ich. »Warm. Vielen Dank.«

»Mit Sauermilch oder normaler Milch?«

»Keine Ahnung.«

»Probier den mit normaler Milch.«

»Einverstanden.«

»Süß oder salzig?«

»Süß, bitte.«

»Eine gute Entscheidung.«

Er spähte auf meinen Teller, den ich ihm darauf hinhielt. Anstandslos erhielt ich einen großen Klecks Milchpudding. Ich bedankte mich bei den Köchen und wollte schon gehen, als der Bote wieder an meiner Seite auftauchte. Er machte einen etwas gehetzten Eindruck.

»Wo sind deine Gefährten?«, fragte er. »Ich habe nach ihnen Ausschau gehalten, aber sie sind noch nicht eingetroffen. Ich hoffe, sie kommen bald.«

»Oh«, sagte ich. »Tut mir leid, ich fürchte, ich bin als Einziger gekommen.«

Sein Gesichtsausdruck war eine Mischung aus Befremden und schierer Verblüffung.

»Wir haben zu viel Pudding«, sagte er. »Haben wir uns nicht klar ausgedrückt?«

»Doch«, erwiderte ich und tat mein Bestes, taktvoll zu erscheinen. »Aber ich bin der Einzige, der Milchpudding mag.«

»Wirklich?« Der Bote überlegte kurz. »Aldebaran wird sicher mit dir reden wollen.«

Er zeigte auf die einfachen Tische in der Nähe und ließ mich allein, damit ich in Ruhe meinen Pudding essen könne. Ich suchte mir einen Platz und setzte mich. Die anderen Mittagsgäste waren recht freundlich, wenngleich sie sich nicht unterhielten, jedenfalls nicht in meiner Gegenwart. Das Zelt knarzte und bebte im auffrischenden Wind.

Nach einer Weile bemerkte ich, dass jemand hinter mir stand. Ich blickte auf. Er gehörte zu den Männern, die ich beim Aufbau des Camps beim Erteilen von Befehlen beobachtet hatte. Er stellte sich nicht vor, doch ging ich davon aus, dass es sich um Aldebaran handelte.

»Bitte iss doch erst deinen Pudding auf«, sagte er.

Ich nickte gehorsam, und er nahm mir gegenüber Platz. Es vergingen einige Minuten im Schweigen; erst als ich meinen Teller leer gegessen hatte, sprach er wieder. »Deine Gefährten kommen also nicht, habe ich gehört.«

»Nein«, sagte ich. »Tut mir leid.«

»Kein Problem«, sagte er. »Dann bleibt mehr für dich. Wenn du möchtest, kannst du morgen wiederkommen und auch übermorgen und am darauffolgenden Tag. Wir wollen erst den ganzen Pudding aufessen, bevor wir frischen kochen.«

»Danke«, sagte ich. »Sehr gut, sehr nahrhaft.«

Aldebaran neigte den Kopf, als wären meine Dankesworte völlig überflüssig. Ihm lag eine weitere Frage auf der Zunge.

»Diese Frau, die immer im Fluss schwimmt«, sagte er. »Kennst du sie?«

»Selbstverständlich«, antwortete ich. »Sie heißt Isabella.«

»Ach ja, Isabella. Wir haben schon von ihr gehört.«

»Ihr gehört das purpurrote Zelt im Osten«, fügte ich an.

»Sie geht täglich schwimmen, nicht wahr?«

»Ja«, sagte ich. »Für gewöhnlich am Vormittag.«

»Verstehe.«

Aldebaran warf einen Blick auf die Köche. Sie standen noch immer hinter dem Tresen und gaben Milchpudding an Nachzügler aus.

»Isabella«, sagte er noch einmal vor sich hin. »Ich frage mich, ob sie der Grund ist.«

Er trommelte mit den Fingern auf die Tischplatte. Ich senkte zufällig den Blick und bemerkte sogleich, dass mein Löffel samt Teller verschwunden war. Man hatte beides offenbar während unseres Gesprächs abgeräumt. Als ich dies gegenüber Aldebaran erwähnte, beruhigte er mich.

»Sollen sich die Köche darum kümmern«, sagte er. »Das wird ihnen helfen, sich auf ihre Arbeit zu konzentrieren. Sie hatten zu viele Ablenkungen in letzter Zeit.«

Er erhob sich, nickte mir höflich zu und wandte sich zum Gehen.

»Komm morgen Mittag wieder, wenn du möchtest«, sagte er.

Als er fort war, bedankte ich mich nochmals bei den Köchen und ging hinaus. Mir kam der Gedanke, dass ich ja nicht unbedingt dieselbe Strecke gehen müsse wie auf dem Hinweg. Ich beschloss, zwischen den Zeltreihen über die »Hauptstraße« bis hinunter an den Fluss zu spazieren. Offenbar hatte niemand etwas dagegen, und so ging ich einfach weiter. Noch immer frischte der Wind auf, und allerorten standen die Fahnen in der steifen Brise: Es war eine Abwechslung zu dem schwülen Wetter, an das wir uns in letzter Zeit gewöhnt hatten. Das Leben war in den vergangenen Wochen außerordentlich ereignislos verlaufen, fiel mir bei weiterem Nachdenken auf. Ein warmer schläfriger Tag war auf den nächsten gefolgt und träge vorübergezogen, während wir uns zufrieden dem Nichtstun hingaben. Wir hatten nichts zustande gebracht, außer dabei zuzusehen, wie der Sommer langsam verstrich. Wir, das war eine Handvoll Zelte, die über das riesige Feld verstreut lagen. Um uns herum nichts als Weite, Ruhe und Frieden.

Nun war auf einen Schlag alles anders. Die Neuen hatten uns mit ihrem geordneten Tagesablauf, ihren zweckmäßigen Zelten und ihren unermüdlichen Trompetenstößen aus unserer Untätigkeit gerissen.

Hen war am wenigsten von diesen Veränderungen betroffen. Er hatte sich im äußersten Westen niedergelassen und war von dem Feld als Ganzes ein wenig isoliert. Die Eindringlinge im Südosten kümmerten ihn wenig; und als die neuen Zelte dort auftauchten, tat er so, als bemerkte er sie nicht einmal. Er ging seinen täglichen Verrichtungen nach, als hätte sich nichts geändert. Auch als die Nachricht vom Milchpudding eintraf, hielt er sich bedeckt. Typisch Hen. Es bedeutete nicht, dass er ungesellig war, sondern lediglich, dass er anderes für wichtiger hielt.

Das Große Feld, wie man es nannte, lag in der Biegung eines breiten, sich windenden Flusses. Es hatte eine ungleichmäßige Form und war im Osten, Süden und Westen vom Wasser begrenzt, im Norden ging es allmählich in Wildnis über. Soweit ich wusste, war es niemals bewirtschaftet worden: Es war einfach nur eine Grasfläche. Viele sahen in dem Feld wahrscheinlich nichts Besonderes, denn es unterschied sich in nichts von den zahllosen Nachbarfeldern. Doch für eine kleine Schar war es das auserwählte Feld: der Ort, an dem sich bedeutsame Ereignisse anbahnen und entfalten würden. Ich war nicht zufällig dort, und Hen vermutlich auch nicht.

Zu Beginn des Frühjahrs war ich ihm zum ersten Mal begegnet. Damals wohnte er bereits seit langer, langer Zeit allein im Westen. Er hatte Sturm, Hagel und Regen getrotzt, ohne seine Unbill mit jemandem teilen zu können. Er hatte unbeschreibliche Sonnenuntergänge erlebt, die sich so nie wiederholen würden. Er hatte Unwetter sich zusammenballen sehen, deren Heftigkeit nahezu unvergleichlich war. Doch derartige Schauspiele waren für ihn Nebensache. Für Hen zählte nur, dass er vor uns anderen auf dem Feld angekommen war. Das hatte er mir am Tag meiner Ankunft so gesagt. Ich erholte mich gerade von der anstrengenden Reise, als er zu mir herüberkam und sich vorstellte.

»Ich heiße Hen«, sagte er. »Mein Zelt steht im Westen, und ich war als Erster hier.«

»Ist sonst noch jemand da?«, fragte ich.

»Nein«, antwortete er. »Nur ich.«

Selbstverständlich gab es für mich keinen Grund, seine Worte anzuzweifeln. Ein Blick über das Feld genügte, um mir zu bestätigen, dass es unbesiedelt war. Ich war vorbehaltlos bereit, Hens Äußerung, er sei der erste und einzige Siedler, zu akzeptieren. Doch offenbar fühlte er sich verpflichtet, seine Aussage weiter auszuführen.

»Kann schon sein, dass es noch andere gibt, die aufgrund eines kurzen, lange zurückliegenden Besuchs behaupten, sie seien die Ersten gewesen«, sagte er. »Vielleicht kehren sie irgendwann in nächster Zeit zurück, vielleicht auch nicht. Aber das ändert nichts daran, dass ich mich hier als Erster niedergelassen habe. Das heißt, dass ich Vorrang habe und nicht die anderen.«

Nachdem Hen seinen Standpunkt klargemacht hatte, verfiel er in Schweigen und blickte in die einbrechende Dämmerung. Ich hatte keine Ahnung, von wem er da gerade geredet hatte, aber ich ließ es dabei bewenden. Ich musste mich beeilen, wenn ich mein Zelt noch vor der Dunkelheit aufstellen wollte. Das Frühjahr hatte gerade erst begonnen, die Tage waren noch recht kurz, und so musste ich mich rasch ans Werk machen. Eigentlich sollte das kein Problem darstellen. Das Feld war wirklich sehr groß und bot grenzenlos viele mögliche Standorte. Ohne Zögern entschied ich mich für die saftige Wiese im Südosten; in jenen Tagen war sie gänzlich unberührt. Doch beim Näherkommen begriff ich, warum das Gras hier so dicht und üppig wuchs: In diesem Teil des Feldes war der Boden völlig durchnässt. Der Südosten war mithin eindeutig ungeeignet, jedenfalls fürs Erste. Ich hatte mich schon gefragt, warum Hen sich so weit im Westen niedergelassen hatte. Jetzt hatte ich ein Stück weit eine Erklärung.

Schließlich entschied ich mich für einen provisorischen Standort in der Mitte des Feldes. Er würde seinen Zweck erfüllen, bis sich das Wetter besserte, auch wenn es für die folgenden Tage nicht danach aussah. Fast eine Woche lang regnete es weiter. Hen und ich hielten höflichen Abstand zueinander und ertrugen die sporadischen Regengüsse jeweils allein und zurückgezogen im Schutz unserer Zelte. Dann endlich kam die Sonne heraus, und die Wetteraussichten besserten sich. Der Fluss funkelte unter einem wolkenlos blauen Himmel; an seinen Ufern wiegten sich Schilf und Binsen im lauen

Wind. Das Feld begann zu erblühen, und ich freute mich auf die goldenen Zeiten, die jetzt, da war ich ganz sicher, vor uns lagen.

Hens Erwartungen waren weit weniger hochgeschraubt.

»Goldene Zeiten gibt es nur in der Vergangenheit«, sagte er. »Die kann man nicht voraussagen.«

Trotz seiner düsteren Art war Hen eine angenehme Gesellschaft, und gerne nahm ich an, dass er mich genauso sah. Es war von Anfang an klar, dass er sich am liebsten im Westen aufhielt. Nur selten begab er sich in die anderen Gebiete des Feldes, und doch kannte er die Gegend wie kein anderer. So war es zum Beispiel Hen, der mich darauf aufmerksam machte, dass das Feld eine Neigung hatte.

»Oh, eine Kleinigkeit«, sagte er. »Kaum sichtbar, aber dennoch eine Tatsache: Das Gelände fällt von Nord nach Süd leicht ab.«

Ich musste zugeben, dass mir das bislang nicht aufgefallen war. Erst als ich in Bodennähe über das Feld spähte, konnte ich das Gefälle erkennen, so gering war es. Später spazierte ich aus bloßer Neugier in den Norden. Als ich mich schließlich umdrehte und nach Süden blickte, hatte ich eindeutig den Eindruck, nun an einem höheren Punkt zu stehen. Hen hatte also recht gehabt.

Ich muss sagen, ich fand es interessant, das Feld so vor meinen Augen zu sehen. Da es in der Biegung des Flusses lag, war es tatsächlich von allen Nachbarfeldern abgetrennt. Die Wildnis im Norden bildete eine weitere Grenze, und all diese Faktoren riefen einen Eindruck von Abgeschlossenheit hervor. Es war, als sei unser Feld bewusst abgesondert worden, damit es einem höheren Zweck diene. Kein Wunder, dass es für uns ein besonderer Ort war: der Ort, an dem sich bedeutsame Ereignisse anbahnen und entfalten sollten.

Mir war indes aufgefallen, dass das Gras spärlicher wuchs, je nördlicher ich kam. In diesem gesamten Teil war es hart und trocken, ein auffallender Kontrast zu dem grünen Süden und vermutlich eine Folge des Gefälles. Das Wasser lief von Nord nach Süd ab, was bedeutete, dass der Süden das meiste Regenwasser abbekam. Aus nördlicher Perspektive betrachtet, war das ungerecht.

Mit diesen Gedanken im Kopf spazierte ich in den Südosten. Ich hatte noch immer die Absicht, in Kürze dorthin zu ziehen, und wollte nachsehen, ob der Boden bereits getrocknet war. Ich hatte ein Auge auf einen Standort mit besonders üppigem Graswuchs geworfen; er lag nahe am Fluss und wirkte im hellen Sonnenschein des heutigen Tages besonders verführerisch. Doch als ich näher kam, sah ich, dass ein anderer mir zuvorgekommen war. Ein schwacher Abdruck im Gras verriet mir, dass dort bis vor Kurzem ein anderes Zelt gestanden hatte. Er wurde bereits undeutlich, war aber dennoch unverkennbar: Es würde noch eine Woche dauern, schätzte ich, bis er ganz und gar verschwunden wäre. Bis dahin kam es nicht infrage, mein Zelt an dieser Stelle aufzuschlagen, und so blieb mir leider nichts anderes übrig, als meine Pläne abermals aufzuschieben.

Das Ungewöhnliche an jenem anderem Zelt war sein Grundriss: Bei näherer Betrachtung stellte sich heraus, dass der Abdruck im Gras ein perfektes Achteck war. Ich versuchte, mir ein achteckiges Zelt vorzustellen, das ganz allein im Südosten stand; und mit einem Mal spürte ich Empörung in mir aufsteigen. Dass ich auf meinen Lieblingsstandort verzichten musste, war ärgerlich genug, doch ihn an irgendeinen Eindringling mit einem schicken achteckigen Zelt abzutreten, war geradezu ungeheuerlich!

Meine Stimmung besserte sich auch nicht sonderlich, als ich die Nachteile eines derartigen Zelts erwog. Ganz bestimmt war es nur für beste Wetterverhältnisse geeignet, überlegte ich: Entweder brach es bereits unter seinem eigenen Gewicht zusammen, oder es wurde schon beim ersten Sturm umgeweht. Das Feld konnte gegen Ende des Sommers ein recht unbequemer Aufenthaltsort werden. Dann brauchte man ein niedriges widerstandsfähiges Zelt, wie es Pioniere haben. Aus einer robusten Plane. Für das achteckige Zelt war hingegen vermutlich ein ungeprüfter Stoff gewählt worden, der vor allem optischen Qualitäten genügte und nicht unbedingt strapazierfähig war. Vielleicht war das aber auch genau der Grund, warum das Zelt nicht mehr dort stand: Vielleicht hatten seine Besitzer ihre Naivität erkannt und sich in mildere Gefilde begeben. Falls das stimmte, war ihnen die Bedeutung des Feldes nicht klar, sonst hätten sie es nicht so leichtfertig verlassen.

Als mir diese Argumente durch den Kopf gingen, wurde mir klar, dass meine Gefühle widersprüchlich und unlogisch waren. In einem einzigen Gedankengang fantasierte ich von einem Zelt, gab mein Urteil dazu ab und wünschte es fort. Mit anderen Worten – ich zeigte typische Symptome von akutem Neid. Im Grunde meines Herzens war ich neidisch auf jenes achteckige Zelt. Zweifellos hatte es einen imposanten Anblick geboten, mit bester Aussicht auf den Fluss, und um ehrlich zu sein, bedauerte ich, es nicht einmal gesehen zu haben.

Trotzdem war ich über Hen verärgert, weil er jenes Zelt nicht erwähnt hatte. Hätte ich früher davon gewusst, hätte ich anders geplant; stattdessen hatte ich zwei Wochen damit vertan, auf den Umzug in den Südosten zu warten. Für Hen war das kein Problem: Er hatte seinen festen Platz auf dem Feld gefunden, wohingegen meine Bleibe provisorisch war. Alles ziemlich frustrierend. Ich konnte Hens Schweigen nicht deuten; doch wäre nichts gewonnen, wenn ich mich mit ihm anlegte. Und so beschloss ich, das Thema bis auf Weiteres ruhen zu lassen.

Am nächsten Morgen wachte ich früh auf und warf einen Blick aus dem Zelt. Die Sonne war gerade erst aufgegangen, doch entdeckte ich zu meiner Überraschung Hen, der den Südosten des Feldes ablief. Da er seine Festung im Westen nur sehr selten aufgab, fragte ich mich, was ihn wohl veranlasst haben mochte, sich so weit von ihr zu entfernen. Anfangs nahm ich an, er habe sich bei einem Spaziergang am Fluss etwas weiter vorgewagt als ursprünglich beabsichtigt. Doch nach einer Weile fiel mir auf, dass er den Boden unter seinen Füßen inspizierte. Auf einen Schlag wurde mir klar, was er da machte: Er untersuchte die Abdrücke im Gras. Er lief unentwegt um sie herum, senkte hin und wieder unvermittelt den Kopf, um sie aus nächster Nähe zu betrachten, und machte einen höchst besorgten Eindruck. Ich sah ihm eine Weile interessiert zu; plötzlich drehte er sich um und lief zurück in den Westen. Ich schloss meinen Zelteingang und dachte über meine Beobachtungen nach. Die Erklärung für Hens frühmorgendlichen Streifzug schien auf der Hand zu liegen. Sein Anspruch, auf dem Feld der Erste gewesen zu sein, war durch die Abdrücke im Gras eindeutig widerlegt; je schneller sie also verschwänden, umso besser. Ich wusste ganz sicher, dass sie noch immer nicht ganz verschwunden waren; und darum blieb ihm für den Augenblick nur Enttäuschung. Natürlich hatte ich keine Ahnung, ob er das achteckige Zelt jemals mit eigenen Augen gesehen hatte. Vielleicht hatte er, ebenso wie ich, nur eine Vorstellung davon. Auf jeden Fall einte uns ein Wunsch: Aus unterschiedlichen Motiven wollten wir, dass alle Spuren jenes anderen Zelts endgültig verschwanden; dann würde das Leben vielleicht wieder seinen normalen Gang nehmen.

Hens Verhalten ließ erkennen, dass er drauf und dran war, die Geduld zu verlieren. Am nächsten Nachmittag unternahm er noch einmal einen Ausflug in den Südosten. Dieses Mal ging er sein Ziel indirekt an. Nach langer Wanderung schlenderte er aus nördlicher Richtung heran, blieb ganz gelassen stehen, um den Boden zu inspizieren, und lief dann weiter. Er muss gewusst haben, dass ich alle seine Schritte beobachtete, und war eindeutig bemüht, seine Aktionen zu vertuschen. Diese Mühe hätte er sich sparen können, aber ich wollte keinen Streit mit ihm und spielte sein Spiel bereitwillig mit: Bei unserer nächsten Unterhaltung vermied ich sorgfältig jede Anspielung auf seine Exkursionen in den Südosten.

Ich hatte ohnehin das Gefühl, dass sich die Sache mit dem anderen Zelt in angemessener Zeit von selbst erledigen würde. Das Wetter wurde immer besser, und somit wuchs auch das Gras üppig. Mein Zelt war mittlerweile in weiches Grün gebettet, das mit jedem Tag sichtlich dichter wurde, und so war es auf dem ganzen Feld. Das musste auch Hen aufgefallen sein. Je höher das Gras wuchs, desto mehr beruhigte er sich, und irgendwann stellte er seine Wanderungen ein. Jener Anspruch, der Hen so überaus am Herzen lag, war endlich über jeden Zweifel erhaben. Doch nun war ich es, der Unruhe verspürte. Eine weitere Woche war mit Nichtstun verstrichen, und Trägheit hatte sich breitgemacht. Am nächsten Tag, so beschloss ich, würde ich meinen Umzug angehen.

In dieser Nacht schlief ich schlecht, und das war ungewöhnlich. Vielleicht hielt mich das schwüle Wetter wach; doch wahrscheinlich waren verworrene Träume schuld, die unfehlbar mit einschneidenden Veränderungen einhergehen. Wie auch immer, bis in die frühen Morgenstunden lag ich zwischen Halbschlaf und Wachen. Dann vernahm ich Stimmen von Männern, die nah an meinem Zelt vorübergingen. Anfangs waren sie noch recht undeutlich, doch dann schärfte sich mein Ohr, und ich erkannte Hens förmliche Sprechweise.

»Übrigens«, sagte er, »ich heiße Hen und habe ein Zelt im Westen.«

»Schon lange hier?«, erkundigte sich eine zweite Stimme, die dunkel und voll klang.

»Schon eine ganze Weile«, sagte Hen.

»Wem gehört dieses Zelt hier?«

»Er ist neu hier«, antwortete Hen. »Erst vor Kurzem angekommen.«

»Bis dahin warst du ganz allein?«

»Ja.«

Jetzt klangen die Stimmen gedämpfter. Offenbar gingen die beiden zum Fluss hinunter. Bald vernahm ich nichts mehr. Ich lag noch lange wach und dachte über das soeben Gehörte nach. Verständlicherweise war ich ein wenig schockiert darüber, dass ich als Neuankömmling vorgestellt worden war, insbesondere von Hen, von dem ich gedacht hatte, er betrachte mich als ebenbürtigen Pionier an seiner Seite. Ganz eindeutig hatte ich mir etwas vorgemacht.

Doch verwirrte mich noch etwas anderes. Selbst im Halbschlaf war mir eine gewisse Zurückhaltung in Hens Formulierungen nicht entgangen. Während der kurzen Unterhaltung hatte er seinen beständigen Anspruch, auf dem Feld der Erste gewesen zu sein, unerwähnt gelassen; und ich sann beiläufig darüber nach, was der Grund dafür sein mochte.

Wie lange ich danach noch schlief, weiß ich nicht genau. Als ich das nächste Mal erwachte, war mein Zelt in warmen Sonnenschein getaucht. Die Stimmen, die ich Stunden zuvor gehört hatte, waren ferne Erinnerung. Während das Licht durch die Zeltplane fiel, erinnerte ich mich an meinen Beschluss vom Vortag. Es war nun an der Zeit, ihn umzusetzen, und so stand ich auf und blickte über das Feld. Zu meiner größten Überraschung entdeckte ich im Südosten ein neues Zelt. Es war makellos weiß und schien unter dem wolkenlosen Morgenhimmel zu leuchten.

Nachdem ich es eine Weile ungläubig angestarrt hatte, rührte ich mich endlich und ging nach draußen. Es war alles ruhig. Keine Spur von Hen oder sonst jemandem. Tiefe Ruhe lag über dem ganzen Feld. Wieder hielt ich inne und betrachtete die Szenerie. Unerklärlicherweise kam mir das Zelt absolut bekannt vor, als hätte es schon immer dort gestanden. Zugleich hatte ich das Gefühl, dass es irgendwie unnahbar und das Stück Land, auf dem es stand, für mich fortan tabu war. Selbstverständlich verwarf ich diese absurden Vorstellungen rasch: Was für ein Unsinn, überlegte ich, schließlich ist es nur ein Zelt, ein Produkt menschlicher Erfindung. Dann machte ich mich auf in den Südosten, um es mir aus der Nähe anzusehen.

Ich muss zugeben, es bot einen prächtigen Anblick. Das Zelt war in seiner Form perfekt, nahezu klassisch. Die Außenwände standen fast senkrecht; und über ihrem oberen Rand hing eine Zierkante. Das Zeltdach war aus weißem Stoff gefertigt, den ich nicht identifizieren konnte und der im Sonnenlicht sanft leuchtete. Unter dem geschwungenen Vordach hing eine sorgfältig gearbeitete Zelttür. Offenbar wurde die ganze Konstruktion nur von einer mittigen Stange und unzähligen Spannseilen aufrecht gehalten. An der Zeltspitze wehte ein auffälliger schwarz-weißer Wimpel; doch was dieses Zelt unverwechselbar machte, war seine Form. Ich umrundete es in einigem Abstand und zählte die vielen Außenwände. Im Ganzen waren es acht; damit bestätigte sich, was ich ohnehin bereits geahnt hatte: Das achteckige Zelt war wieder da.

Mit einem Mal wurde die Zelttür geöffnet, und ein Mann mit Bart trat heraus. Er trug wallende weiße Gewänder. Er musste mich dort stehen sehen, das wusste ich; ich war nur einen Steinwurf von ihm entfernt, und unsere Blicke begegneten sich in der Tat ganz kurz, als er seine Umgebung musterte. Ich hatte erwartet, dass er mit einem Kopfnicken reagieren würde, wie das in solchen Fällen üblich ist; doch zu meiner Überraschung wandte er sich um und begann, das Zelt zu schließen. Nun tat er eine ganze Weile nichts Besonderes, während er hartnäckig meine Gegenwart ignorierte. Dann endlich machte er sich auf zum Fluss. Verständlicherweise war ich wie vom Donner gerührt: Der Neue hatte mich kurzerhand abblitzen lassen. Schweigend beobachtete ich, wie er sich dem Flussufer näherte. Nach einer ganzen Weile ging er endlich ins Wasser und watete ans andere Ufer. Die Stelle, die er sich dafür ausgesucht hatte, lag am äußersten Südzipfel des Feldes; der Fluss war dort auffällig breit und seicht. Mir war bei früheren Gelegenheiten aufgefallen, dass man an dieser Stelle das sandige Flussbett sehr gut sah; aber der Gedanke, dass sich dort eine Furt befinden könnte, war mir nicht gekommen. Darüber ärgerte ich mich ein wenig. Die weißen Gewänder waren dem Mann bei seinem Hinüberwaten offenbar nicht hinderlich; sie wirbelten um seine Beine, als er auf sein Ziel am jenseitigen Ufer zuschritt. Drüben angekommen, blieb er nicht stehen, sondern ging weiter südwärts und war irgendwann nicht mehr zu sehen.

»Was hältst du davon?«, sagte eine Stimme an meiner Seite. Es war Hen, der sein Herumschleichen beendet hatte und mit einem Mal wieder aufgetaucht war.

»Unglaublich«, erwiderte ich.

Ich nahm an, dass Hen sich auf das unentschuldbare Benehmen dieses Mannes bezog, doch ich lag falsch. Verblüfft starrte er erst mich an, dann den Fluss, dann wieder mich.

»Entschuldige«, sagte ich nach einer Weile. »Was halte ich wovon?«

»Von der Furt«, sagte Hen. »Ich wusste nicht einmal, dass das überhaupt geht.«

»Ach, das meinst du«, murmelte ich. »Ich auch nicht.«

»Ich habe das immer für sehr schwierig gehalten. Aber bei Thomas sah es ganz einfach aus.«

Die Art und Weise, wie Hen »Thomas« sagte, ließ durchblicken, dass ich jenen Namen auf der Stelle kennen und mir die Person dahinter vertraut sein müsse, ja, als sei sie mir seit jeher vertraut. In der Tat fiel es mir leicht, eine Vermutung darüber zu wagen, wer Thomas war. Dennoch war es merkwürdig, wie Hen über ihn redete; fast als würde ihm dieser Neue Ehrfurcht einflößen.

Ich deutete mit einem Kopfnicken in Richtung Fluss.

»Du willst da rüber, nicht wahr?«, fragte ich.

»Nein«, sagte Hen. »Ich glaube, ich habe keine rechte Lust.«

»Wie du willst«, sagte ich. »Lass uns wenigstens mal näher rangehen.«

Wir stiefelten ans Flussufer. In dem weichen Sand waren frische Fußspuren zu sehen: Einzig an ihnen ließ sich erkennen, dass hier jemand gewesen war; sie kündeten jedoch von Veränderung, das spürte ich. Es gab keine Brücke, nicht einmal Trittsteine zum Überqueren; doch allein wenn sich herumspräche, dass hier eine Furt war, würden andere aufs Feld kommen. Ob das gut oder schlecht sein würde, ließ sich schwer sagen. Nur die Zeit würde uns eine Antwort liefern.

Unterdessen strömte der Fluss ruhig an uns vorüber. Hen, so sah ich, blickte gedankenverloren in die Ferne.

Eigentlich hatte ich damit gerechnet, dass wir uns als Nächstes in den Südosten aufmachen würden. In meiner Vorstellung amüsierten wir beide uns eine Weile damit, das achteckige Zelt gründlich in Augenschein zu nehmen: architektonische Besonderheiten hervorzuheben, Eigenschaften, die uns nicht gefielen, zu kritisieren und am Ende widerstrebend unsere Anerkennung zu gewähren. In meinen Augen ein argloser Zeitvertreib. Daher war ich etwas überrascht, dass Hen nicht mitmachen wollte.

»Nein«, sagte er. »Wenn du nichts dagegen hast, gehe ich zurück in den Westen. Denn da gehöre ich hin.«

»Ich kann dich also nicht überreden?«

»Ich fürchte nein. Tut mir leid.«

Er wünschte mir alles Gute und marschierte in den Westen.

Ohne Hen erschien mir das Unterfangen ziemlich sinnlos, dennoch machte ich mich zu dem anderen Zelt auf. Allerdings wurde mir rasch klar, dass ich mir kaum ein ernsthaftes Urteil erlauben konnte. Mein eigenes Zelt war gerade mal eine einfache Pyramide mit einer Stange in der Mitte und hatte mit diesem palastartigen Gebilde vor meinen Augen nicht das Geringste gemein. Als ich die kunstvoll verzierten Kanten, die aufwendig gespleißten Zeltleinen und die elegant abfallenden Bahnen betrachtete, musste ich zugeben, dass mir keinerlei Mängel auffielen. Im Gegenteil, ich war voll Bewunderung. Ob es für einen solchen Luxus eine Berechtigung gab, war eine ganz andere Frage.

Während ich um das Zelt des Neuen herumschlich, überkam mich das Gefühl, ich befände mich auf verbotenem Terrain – auch wenn es eigentlich keinen Grund dafür gab. Ich hatte genauso viel Recht, mich im Südosten aufzuhalten, wie jeder andere; und doch ertappte ich mich mehrmals dabei, dass ich zum Fluss sah, für den Fall, dass er vielleicht zurückkehrte. Ärgerlich über mein albernes Verhalten setzte ich die Besichtigung fort, bis ich zufrieden meinte, genug gesehen zu haben; dann endlich schlenderte ich weiter.

Er blieb mehrere Tage fort. Während dieser Zeit nahm das Leben seinen gewohnten Lauf: Die Sonne schien, das Gras wuchs, und bald hatte ich mich an den Anblick des strahlend weißen Zelts gewöhnt. Nur ein Aspekt störte mich: Das Zelt sah zweifellos prächtig aus, wie es so einsam dastand; doch konnte ich mich nicht des Eindrucks erwehren, dass sein Besitzer sich egoistisch verhielt. Im Grunde war die begehrteste Stelle des Feldes an eine leer stehende Behausung vergeudet, und das war in meinen Augen unfair. Einen Standort für sich zu reservieren war eine Sache; ihn über einen längeren Zeitraum nicht einmal aufzusuchen, eine andere.

Irgendwann kam er zurück. Als ich eines frühen Morgens vor mein Zelt trat, sah ich ihn im Südosten herumspazieren. Wieder trug er wallende weiße Gewänder, und wieder nahm er meine Anwesenheit nicht zur Kenntnis. Ich versuchte es mit einem wohlwollenden Kopfnicken, doch vergebens: Er war offenkundig tief in Gedanken. In der Tat vermittelte sein ganzes Gehabe den Eindruck, als sei seine Anwesenheit auf dem Feld eine Gnade, ein göttliches Geschenk.

Ich beobachtete ihn, als er auf sein Zelt zuging und daran herumbesserte. Es war faszinierend, wie er dabei vorging: Seine Bewegungen waren zielsicher und gemächlich zugleich, als hätte er alle Zeit der Welt. Offenbar bedurfte jeder Handgriff reiflicher Überlegung; und immer wieder hielt er inne, um weiter nachzudenken. All das ärgerte mich maßlos. Warum, so fragte ich mich, konnte er die Sache nicht einfach zügig hinter sich bringen? Und er blieb nicht einmal dort, wo er hingehörte: Später an diesem Tag schlenderte er über das Feld und kam auch ziemlich nah an meinem Zelt vorbei, doch würdigte er mich keines Blickes. Stattdessen ging er einfach geradeaus weiter, als wäre ich Luft. Meinetwegen, dachte ich, das kann ich auch. Ich beschloss, ihn fortan links liegen zu lassen, bis er sich eines Besseren besinne. Das bedeutete natürlich, dass mein eigenes Bewegungsfeld erheblich eingeschränkt sein würde: Ich erklärte den gesamten Südosten zum Sperrgebiet – ein hoher Preis, den ich zu zahlen aber bereit war.

In den nächsten Tagen streifte der Neue überall herum, als gehörte ihm die Gegend. Außerdem fiel mir auf, dass er des Öfteren den Fluss durchquerte und in Richtung Süden weiterlief. Manchmal kehrte er einige Stunden später zurück, manchmal auch nicht. Derweil blieb sein Zelt unbeaufsichtigt. Ich hatte bald den Eindruck, dass er es als eine Art Sommerfrische betrachtete und seine Hauptinteressen woanders lagen.

Ich hatte gedacht, dass Hen dieses unaufhörliche Kommen und Gehen mit Argwohn betrachten würde. Er war doch schließlich ein Getreuer des Feldes, der stets mit Nachdruck betonte, er habe sich dort als Erster angesiedelt. Ich hatte erwartet, dass er dem Neuen nicht über den Weg trauen würde; doch falls dem so war, behielt er all seine Befürchtungen für sich. Eines Morgens sah ich, dass sich die beiden unten am Fluss unterhielten. Nach der Dauer zu schließen, die sie beieinanderstanden, musste es bei der Unterhaltung um etwas sehr Wichtiges gehen; schließlich gaben sie sich die Hand, und jeder ging seiner Wege.

Weit oben im Nordosten, jenseits der Biegung des Flusses, kreiste ein Vogelschwarm am Himmel. Die Vögel waren nicht mehr als schwarze Punkte in dem tiefblauen Dunst; offenbar gab es einen Grund für ihr Verhalten. Es sah so aus, als folgten sie etwas, das sich langsam durch den weiten Raum unter ihnen bewegte. Ich musterte den Horizont, konnte aber nichts erkennen. Nach einer Weile löste sich ein Vogel aus dem Schwarm und flog geradewegs nach Osten. Die anderen wachten weiter kreisend, und ich fragte mich, was sie so fesseln mochte.

Später, am Nachmittag, kam Hen zu mir herüber.

»Was hältst du von diesen Vögeln?«, fragte er.

»Keine Ahnung«, antwortete ich. »Aber ich habe sie den ganzen Tag bei ihrem Zirkus beobachtet, und sie kommen langsam näher.«

»Wirklich?«, sagte er. »Schon den ganzen Tag?«

»Ja.«

»Ich hatte sie gar nicht bemerkt.«

Wir standen lange schweigend da und blickten zu den Vögeln. Ich spürte aber, dass Hen mit seinen Gedanken woanders war.

»Übrigens«, sagte er. »Thomas sieht das auch so: Ich war der Erste, der sich im Westen niedergelassen hat.«

»Nett von ihm«, sagte ich beiläufig. »Heißt er so? Thomas?«

»Natürlich«, sagte Hen. »Das habe ich dir doch schon gesagt.«

»Du hast ihn erwähnt, das stimmt«, sagte ich. »Aber er hat sich bislang noch nicht persönlich vorgestellt.«

Noch beim Reden fiel mir auf, dass ich gerade einen ziemlich kleinkarierten Eindruck machte. Während Hen mir etwas mitteilte, das ihm ganz offenbar am Herzen lag, hatte ich nichts anderes im Kopf, als mich über ein Detail auszulassen. Ich war ganz offenbar immer noch verärgert über den Neuen, und der arme Hen musste es ausbaden. Zugleich entging mir aber auch nicht, dass er in seinem Anspruch mittlerweile bescheidener geworden war: »Der Erste im Westen« war etwas ganz anderes als »der Erste auf dem Feld«; in meinen Ohren klang das eher nach Verzicht als nach Sieg.

Ich warf einen kurzen Blick auf Hen, und mir wurde klar, dass ich ihm wahrscheinlich in mehrfacher Hinsicht zu nahe getreten war, doch seine Aufmerksamkeit galt anderem.

»Schau!«, rief er aus und zeigte in den Nordosten.

Die Vögel, die wir bei ihrem Anflug beobachtet hatten, waren jetzt in der äußersten Ecke des Feldes angekommen, dort, wo der Fluss einen Knick machte. Sie kreischten und flatterten wie wild; schon kurz darauf bemerkten wir den Grund für ihre Aufregung. Auf dem Fluss unter ihnen trieb ein Boot mit einem hohen, geschwungenen Bug heran. Eine leicht bekleidete Frau ruhte im Heck. Hilfsmittel zur Fortbewegung waren nicht zu sehen, offenbar ließ sie sich allein von der Strömung tragen. Beim Anblick der Zelte steuerte sie ins seichte Gewässer; sie sprang aus dem Boot, zog es ins Schilf und trug einige Bündel ans Ufer, bevor sie endgültig an Land ging.

Über ihr kreisten immer noch die Vögel. Sie wedelte mit den Armen und versuchte, sie durch Rufe zu verscheuchen, aber sie nahmen keine Notiz von ihr. Hen und ich hatten die Szene wie angewurzelt mitverfolgt. Dann überlegten wir laut, ob wir hinübergehen und ihr helfen sollten.

»Ich bin nicht sicher, ob sie Hilfe braucht«, sagte Hen. »Sie macht einen sehr selbstständigen Eindruck.«

»Wir sollten ihr wenigstens unsere Hilfe anbieten«, sagte ich. »Das ist das Mindeste.«

Die Frau musste unsere Stimmen gehört haben, denn mit einem Mal sah sie in unsere Richtung. Und schon kam sie auf uns zu; und ich hörte, dass Hen, als sie näher kam, einmal tief durchatmete.

»Wo sind all die anderen?«, fragte sie. »Ich bin extra früh gekommen, um mir einen Platz zu reservieren, aber jetzt ist überhaupt niemand da!«

»Von uns beiden abgesehen«, sagte ich.

»Natürlich von euch beiden abgesehen«, seufzte sie. »Aber damit hatte ich nicht gerechnet. Ich hatte mir ein riesiges Meer von Zelten vorgestellt, die sich im Wind blähen, wehende Fahnen und flatternde Wimpel und so weiter.«

»Eine ganz schöne Enttäuschung«, sagte ich.

»Na ja, wie man's nimmt«, antwortete sie. »Um ehrlich

zu sein, kommt mir ein bisschen Ruhe auch ganz gelegen.«

Sie sah erst zu meinem Zelt hinüber, dann zu Hens und schließlich zu dem von Thomas. Das glatte weiße Zeltdach glänzte in der Nachmittagssonne.

»Wem gehört das da?«, fragte sie.

»Es gehört Thomas«, sagte Hen. »Er ist im Augenblick nicht da.«

»Ach, Thomas«, sagte sie, als sei mit jenem Namen eine ferne Erinnerung verbunden.

Ihr Blick verweilte auf dem achteckigen Zelt.

»Und du bist …?«, erkundigte sich Hen.

»Isabella«, sagte die Frau.

»Sehr angenehm«, sagte er. »Ich heiße Hen.«

Sie musterte ihn interessiert. »Ein ungewöhnlicher Name.«

»Er kommt aus der Umgangssprache«, sagte er. »Er bedeutet ›jemand, der im Westen lebt‹.«

»Wie bezaubernd.«

Sie lächelte ihn verbindlich an und wandte sich dann fragend zu mir. Genau in diesem Augenblick bemerkte ich hektisches Treiben.

»Pass auf!«, rief ich. »Dein Boot hat sich losgemacht.«

Wir rannten ans Ufer. Während Isabellas kurzzeitiger Abwesenheit hatten sich die Vögel auf dem Boot niedergelassen und begonnen, mit ihren Schnäbeln wild darauf einzuhacken. Ich sah jetzt, dass es aus Schilfrohr gebaut war, das musste sie angelockt haben. Sie waren eifrig bei der Sache gewesen, und irgendwann hatte das Boot in seinem provisorischen Hafen jeden Halt verloren; es trieb jetzt sehr schnell und für uns fast unerreichbar ab. Wir stürzten uns alle drei ins Wasser, aber es war zu spät: Ein Strudel hatte das Boot ergriffen und riss es aus unserer Reichweite. Bald trieb es, von hektischem Flügelschlagen begleitet, um die südöstliche Flussbiegung.

Zu meiner Überraschung ließ Isabella der Verlust ihres Bootes kalt.

»Das macht nichts«, sagte sie, als wir wieder trockenen Fußes waren. »Ich kann problemlos ein neues bauen.«

»Ja«, sagte ich. »Bestimmt.«

»Wenn hier alles gut läuft, ist das natürlich nicht nötig.«

»Du willst also bleiben?«, fragte Hen.

»Selbstverständlich«, sagte Isabella.

Inmitten ihrer Habseligkeiten, die in der Nähe lagen, entdeckte ich ein sorgfältig gefaltetes Zelt. Außerdem ein Federbett (mit einer Seidenkordel zusammengehalten), einen Gobelin (in Drillich eingewickelt) und eine Sammlung von Samtkissen (lose). Sie stand eine Weile mit verträumtem Gesichtsausdruck da und ließ ihre neue Umgebung auf sich wirken.

»Welch ein Glück für uns«, sagte sie endlich, »dass wir so eine schöne Wiese haben.«

»Eigentlich«, erwiderte ich, »heißt sie das Große Feld.«

Der verträumte Ausdruck auf ihrem Gesicht verschwand.

»Das ist mir bestens bekannt!«, fuhr sie mich an.

»Oh«, sagte ich. »Tut mir leid.«

»Wenn ihr mich jetzt bitte entschuldigen wollt, ich muss mein Zelt aufstellen!«

»Du brauchst keine Hilfe?«

»Sehr richtig.«

Hen und ich zogen uns rasch und ohne jeden weiteren Kommentar zurück. Als wir uns noch einmal umsahen, hatte Isabella sich bereits ans Werk gemacht. Sie hatte sich einen Standort im äußersten Osten des Feldes unten am Fluss ausgesucht. Offenbar wusste sie genau, was zu tun war; sie ging alles zügig und umsichtig an und schien erprobte und bewährte Arbeitsschritte auszuführen. Als sie alles vorbereitet hatte, zog sie an einem dünnen Seil, und ein wunderschönes, leuchtend rotes Zelt erhob sich vom Boden. Rasch hatte sie es sicher im Grund verankert und vertäut.

»Wirklich beeindruckend«, sagte Hen und machte sich zu seiner bescheidenen Behausung auf.

Isabella hatte ihr Werk noch lange nicht beendet. Sie begann jetzt, ihre Besitztümer zu verteilen, was einige Zeit in Anspruch nahm. Sie hatte das Zelt gen Westen aufgestellt, vermutlich, um die untergehende Sonne im Blick zu haben; und das bedeutete, dass der Eingang genau in meinem Sichtfeld lag. Bald verlor ich den Überblick, wie viele Male sie ihre wertvollen Habseligkeiten ins Zelt hinein- und wieder heraustrug, während sie wohl überlegte, was wohin sollte; sie gab sich erst zufrieden, nachdem sie alles unzählige Male umgestaltet hatte.

Es war noch nicht ganz dunkel, als Isabella sich für den Abend zurückzog (zweifellos um sich von den Anstrengungen auszuruhen). Somit entging ihr, dass Thomas auf dem Heimweg war und durch die Furt watete. Ich hatte mich bereits gefragt, wann er uns wohl wieder mit seiner Anwesenheit beglücken würde, und schon war er da. Neugierig beobachtete ich, wie er ans Ufer trat und das rote Zelt entdeckte. Im feurigen Abendlicht bot es einen einzigartigen Anblick, und selbst aus der Entfernung erkannte ich, dass es sein Interesse weckte. Für gewöhnlich ließ er bei seiner Rückkehr den Blick über das gesamte Feld schweifen und wandte seine Aufmerksamkeit dann wieder Naheliegendem zu: normalerweise sich selbst, denn das fesselte ihn am meisten. Doch das rote Zelt bannte seinen Blick eine Weile. Er stand in seinen üblichen weißen Gewändern stocksteif da und musterte es eingehend. Nachdem er vermutlich genug gesehen hatte, setzte er seinen Weg fort. Wenig später sah ich den schwachen Schein einer Lampe im Südosten, die bald darauf erlosch; auch er hatte sich zur Ruhe gelegt.

Am nächsten Morgen war das Wetter warm und sonnig. Ein vielversprechender Tag lag vor uns; und als ich nach draußen sah, hatte ich mit ein, zwei Frühaufstehern gerechnet, die ihn bereits auskosteten. Doch keine Menschenseele war zu sehen, nicht einmal Hen. Ich war mir sicher, er trieb sich irgendwo im Westen herum, aber im Augenblick befand er sich außerhalb meines Blickfelds. Ich sah lediglich die beiden Zelte in der Ferne, eines weiß, das andere rot, beide mit verschlossenem Eingang und ruhig.

Eine Stunde verging, und die Sonne stieg höher; noch immer rührte sich nichts. Mir war völlig unverständlich, wie man morgens so lange schlafen konnte. Doch nach weiteren zehn Minuten gab es endlich Anzeichen von Aktivität. In ein Handtuch geschlungen, trat Isabella aus ihrem Zelt und tippelte auf Zehenspitzen ans Ufer. Sie suchte eine ganze Weile nach einer geeigneten Stelle, wo es nicht zu abschüssig war; dann ließ sie ihr Handtuch fallen und glitt ins Wasser.

Mühelos schwamm sie ans andere Flussufer, dann zurück und wieder hinüber. Sie wiederholte diese Übung mehrere Male, bis sie sich im seichten Wasser treiben ließ. Der Fluss floss gemächlich dahin. Isabella lag reglos auf der von sanftem Morgenlicht getupften Wasseroberfläche. Nun erfasste sie langsam die Strömung und trieb sie flussabwärts. Träge breitete sie die Arme aus und überließ sich dem Wasser. Am Ufer stand hier dichtes Schilf; beim Vorübertreiben musste sie die Stängel mit den Fingerspitzen berührt haben, denn oben schwankten sanft und rhythmisch die Halme. Für kurze Zeit geriet sie hinter dem Schilf aus dem Blick, tauchte dann aber wieder auf und glitt weiter stromabwärts. Sie näherte sich jetzt der Südostkurve des Flusses und war fast auf der Höhe des leuchtend weißen Zelts. In diesem Augenblick öffnete sich der Eingang, und Thomas trat heraus.

Er sah sich um, und sofort fiel sein Blick auf Isabellas reglose Gestalt. Selbstverständlich hätte ich unter den gegebenen Umständen Diskretion von ihm erwartet und dass er wenigstens so tun würde, als hätte er sie nicht bemerkt. Stattdessen beobachtete ich verblüfft, dass er gelassen zum Flussufer schlenderte und ein Gespräch mit ihr anfing. Natürlich konnte ich die Worte nicht hören, aber offenbar war Isabella eine bereitwillige Gesprächspartnerin. Währenddessen ließ sie sich träge in seine Richtung treiben, dann lachte sie kurz auf und schwamm wieder flussaufwärts. Thomas spazierte in seinen wehenden weißen Gewändern auf einer Höhe mit ihr an der Uferböschung entlang. Als er ihr abgeworfenes Handtuch erblickte, hob er es auf und legte es sich sorgfältig über den Arm; nun blieb er am Ufer stehen und wartete auf sie. Und schon richtete Isabella sich in dem seichten Wasser auf, und er warf ihr das Handtuch zu. Sie nahmen ihre Unterhaltung wieder auf, als sie sich abtrocknete. Worüber sie so ausgiebig sprachen, nachdem sie sich doch eben erst kennengelernt hatten, war mir schleierhaft; doch er hielt sie länger auf, als es mir geboten schien. Und was Isabella betraf, so machte sie keinerlei Anstalten, sich etwas anziehen zu wollen. Stattdessen blieb sie, das Handtuch fest um den Körper gewickelt, wo sie war. Hin und wieder stützte sie die Hände in die Hüften und schüttelte den Kopf hin und her, sodass ihre Haare flogen, vermutlich in der Hoffnung, dass sie in der warmen Sonne trockneten. Thomas stand so nah vor ihr, dass Wassertropfen auf seine bloßen Füße fallen mussten; er ließ jedoch nicht erkennen, ob er es spürte. Ich beobachtete das Verhalten des Paars noch eine ganze Weile: Sie boten ein faszinierendes Schauspiel, doch sollte ihre Vorstellung bald unterbrochen werden.

Mit einem Mal tauchte flussabwärts ein Segel auf. Isabella sah rasch hin und verschwand in ihrem Zelt. Thomas starrte auf das Boot. Als es kurz darauf das Ufer erreicht hatte, sprang ein Mann mit einer Fangleine an Land. Er hielt sie fest in der Hand, während das Boot sich mit der Strömung drehte. Dann holten zwei weitere Männer die Segel ein. Sie hatten im äußersten Nordosten des Feldes angelegt und hielten kurz inne, um ihre Umgebung zu begutachten. Ich war ziemlich weit entfernt, doch selbst aus der Distanz konnte ich erkennen, dass sie sich mit einem Urteil zurückhielten. Sie blickten umher und sprachen leise miteinander. Alle drei machten einen sehr anspruchslosen Eindruck. Es war unklar, ob sie bleiben wollten oder ihre Fahrt nur unterbrachen; doch raschelnde weiße Gewänder verrieten mir, dass da jemand zum Eingreifen entschlossen war. Die beiden anderen Männer waren gerade an Land gegangen, als Thomas bereits am Flussufer entlangmarschierte. Es folgte eine recht einseitige Unterhaltung; er redete laut auf sie ein und gestikulierte in verschiedene Himmelsrichtungen, unter anderem auch flussaufwärts, in die Richtung, aus der sie gekommen waren.

Die drei Männer standen beieinander, sahen ihn an,

erwiderten aber augenscheinlich nicht sehr viel. Sie strahlten Ruhe und Gelassenheit aus, was ich bewunderte; und mich freute, dass sie sich nicht beeindrucken ließen. Als Thomas seine Tirade beendet hatte, zuckten sie nur mit den Achseln und blieben einfach stehen. Er hingegen machte auf dem Absatz kehrt und ging in Richtung Südosten davon. Als er an dem roten Zelt vorbeikam, warf er nicht einmal einen flüchtigen Blick darauf: Offensichtlich hatte er in diesem Augenblick anderes im Sinn als Isabella.

Nachdem die drei Männer sich kurz miteinander besprochen hatten, zogen sie das Boot an Land und begannen, Gepäckstücke und Ausrüstung auszuladen, darunter ein großes Zelt, das sie nah am Fluss aufbauten. Ich beschloss, zu ihnen hinüberzugehen und sie zu begrüßen. Sie beäugten mich wachsam, als ich näher kam, aber mit einem Lächeln und einem Handschlag nahm ich ihnen ihr Misstrauen. Der Erste der drei hieß Hartopp, er war in Begleitung seiner beiden Söhne gekommen. Sie gefielen mir auf den ersten Blick: In meinen Augen adelte sie ihr schlichtes Auftreten.

»Thomas habt ihr ja bereits kennengelernt«, sagte ich.

»Den Typen mit den weißen Kleidern?«, fragte Hartopp.

»Ja.«

»Er hat sich uns nicht vorgestellt«, sagte der jüngere Sohn, »aber sehr von oben herab mit uns gesprochen.«

»Als wären wir hier nicht willkommen«, merkte Hartopp an.

»Das überrascht mich nicht«, sagte ich.

»Der denkt, ihm gehört die Gegend.«

Thomas hatte die drei ganz offensichtlich aufgebracht, doch schoben sie diese Kränkung würdevoll beiseite und bauten ihr Zelt weiter auf. Es war ein großes Gebilde mit vielen Rundungen, Flächen und Winkeln und schien von einem Fachkundigen entworfen zu sein. Laut Hartopp war es mehr als nur wetterfest, es trotze jedem Sturm. Er war sichtlich stolz auf seine Neuerungen, darunter ein geräumiges Vordach und einige Flaschenzüge, mit denen sich die Leinen im Inneren des Zelts regulieren ließen. Sie zeigten mir jeden Winkel. Nun öffnete Hartopp eine Truhe und holte eine viereckige Blechdose heraus.

»Ein Biskuit gefällig?«, fragte er.

»O ja, danke«, sagte ich.

Als er den Deckel abnahm, offenbarte sich ein Vorrat an schlichten Keksen. Wir nahmen uns einen und stellten uns unter das Vordach. Auf meinem Keks waren einige Zahlen eingeprägt.

»Das ist das Datum, an dem der Biskuit gebacken wurde«, erklärte Hartopp. »Vor genau zwei Jahren und elf Monaten.«

»Sehr gut«, sagte ich und kaute langsam. »Schmeckt ziemlich frisch.«

»Übrigens«, erklärte er, »das Wort Biskuit heißt ›doppelt gebacken‹.«

»Das wusste ich nicht.«

»Das macht sie hart, aber gut verdaulich, haltbar und sehr nahrhaft.«

»Verstehe.«

»Darum sind Biskuits auf Reisen überlebenswichtig.«

»Dann habt ihr eine lange Reise hinter euch?«

»Ja, das haben wir«, sagte Hartopp. »Eine sehr, sehr lange Reise.«

Während unseres Gesprächs war Isabella (voll bekleidet) aus ihrem Zelt getreten und schlenderte nun am Flussufer entlang. Zuweilen warf sie Blicke in unsere Richtung.

»Kennst du Isabella?«, erkundigte ich mich.

»Nein«, sagte Hartopp. »Leider nein.«

»Sie ist erst gestern angekommen«, sagte ich. »Ich dachte, ihr wärt euch vielleicht auf der Reise begegnet.«

»Unwahrscheinlich, dass unsere Wege sich gekreuzt haben«, antwortete er. »Der Fluss hat viele Nebenarme.«

»Ach, wirklich?«, fragte ich. »Das wusste ich gar nicht.«

Bei diesen Worten sah Hartopp mich an. »Dann bist du nicht aus dem Nordosten?«

»Nein«, sagte ich. »Ich komme überhaupt nicht aus dem Norden.«

Nachdenklich nahm er diese Information auf, äußerte sich aber nicht weiter dazu. Unterdessen hatten seine Söhne das Boot vollständig entladen. Es hatte einen robusten Rumpf mit einem gerundeten Bug und machte einen widerstandsfähigen Eindruck. Sie hissten das Segel noch einmal, damit es in der Sonne ganz trocknete, ehe sie es zusammenlegen und verstauen würden; dann wandten sie sich um und blickten suchend flussaufwärts.

»Erwartet ihr noch jemanden?«, fragte ich.

»Ja«, sagte Hartopp. »Einige Freunde, aber sie waren ein ganzes Stück hinter uns.«

Isabella stand mittlerweile reglos am Ufer und blickte

nach Nordosten. Obgleich sie sich weiter flussabwärts befand, hatte sie wegen der Krümmung des Flusses einen besseren Blick auf das Wasser. Ich war sicher, dass sie etwas näher kommen sah; und in der Tat waren kurz darauf zwei weitere Boote zu sehen. Die Besatzungen winkten, als sie uns erblickten. Sie steuerten das Ufer an und holten ebenso ordentlich die Segel ein, wie Hartopp es bei seiner Ankunft getan hatte; dann zogen wir mit vereinten Kräften die Boote an Land. Dieses Mal sparte sich Isabella einen dramatischen Auftritt und verfolgte das Geschehen ruhig von ihrem Standort aus. Hinter ihr, im entfernten Südosten, sah noch jemand zu.

Die Neuankömmlinge (im Ganzen ein halbes Dutzend) ähnelten in ihrem Wesen Hartopp und seinen Söhnen – freundlich, höflich und gewissenhaft. Ihre Zelte waren wie seines eckig und geräumig; und ich spürte, dass Hartopp jedes einzelne am Herzen lag, als wäre es sein eigenes. Rasch und ohne Umstände schlugen sie in der Nähe ihr Lager auf. Als alles fertig war, setzten sie sich nieder und aßen gemeinsam Kekse.

In Hartopps Gefolgschaft gab es indes eine Ausnahme. Im dritten Boot war ein Passagier namens Brigant mitgereist; und es war gleich zu sehen, dass er kein geborener Segler war. Er wankte ziemlich grün im Gesicht an Land und begab sich sofort in die Mitte des Feldes, so weit wie möglich vom Fluss entfernt. Dort baute er mutterseelenallein sein Zelt auf und verschwand darin: Wir sollten ihn in den nächsten Tagen nicht wiedersehen.

Die Keksdose diente unterdessen als Grundstein der

Diplomatie. Am nächsten Morgen schwamm und badete Isabella abermals im unteren Teil des Flusses. Wieder wurde sie von Thomas erspäht, und wieder folgte er ihr am Ufer, als sie flussaufwärts schwamm. Er nahm ihr Handtuch vom Boden auf, und sie durchliefen das gleiche Ritual wie am Tag zuvor. Dann verweilten die beiden im Sonnenschein und unterhielten sich. Hartopp und sein Gefolge erlebten dies mit; doch ist ihnen hoch anzurechnen, dass sie den beiden keinerlei Aufmerksamkeit schenkten; sie kehrten ihnen einfach den Rücken, bis Thomas verschwunden war. Als Isabella gegen Mittag im Schatten ihres Zeltes ruhte, erhielt sie Besuch von Hartopps jüngerem Sohn. Er hatte eine Einladung dabei: Ob sie die Neuankömmlinge mit ihrem Besuch beehren und sich bei Biskuits und Früchtetrunk zu ihnen gesellen wolle? Kurz darauf erhielten auch Hen und ich eine Einladung, Thomas hingegen bemerkenswerterweise nicht.

Am späten Nachmittag spazierte ich hinüber in den Nordosten. Ich war allein. Hen hatte die Einladung höflich abgelehnt – damit hatte ich gerechnet – und es sich in seiner spartanischen Behausung gemütlich gemacht. Als meine Gastgeber sich nach ihm erkundigten, versicherte ich ihnen, dass er ihre Gesellschaft keineswegs ablehne; er verlasse dieser Tage eben nur sehr selten den Westen. Ihre Reaktion war großmütig.

»Kein Problem«, sagte Hartopp. »Wir schicken ihm ein paar Kekse als Zeichen unseres guten Willens.«

Eine halbe Stunde warteten wir auf Isabella, die, als sie schließlich kam, in ihren roten Kleidern umwerfend aussah. Obgleich sie sich verspätet hatte, wurde sie königlich empfangen und durch die neue Ansiedlung geführt. Anschließend standen wir alle zusammen unter Hartopps Vordach. Isabella war voll des Lobes für die eckigen Zelte.

»Sehr geschmackvoll«, sagte sie. »Klare, einfache Linien, sehr raffiniert, kein überflüssiger Schnickschnack.«

»Vielen Dank«, sagte Hartopp. »Selbstverständlich sind sie noch in der Erprobungsphase. Die Bauweise von Zelten entwickelt sich permanent weiter.«

»Du bist ein ziemlicher Perfektionist, scheint mir«, bemerkte sie.

»Ja«, sagte er. »Ich glaube, was Zelte angeht, stimmt das.«

»Erfordern diese hier viel Wartung?«

»Immerfort.«

Sofort begann er an einer Zeltleine Korrekturen vorzunehmen. Wir beobachteten, wie er sie sorgsam festzog, etwas lockerte und dann wieder fester anzog. Als er schließlich mit der Spannung der Leine zufrieden war, gesellte er sich zu uns.

»Auf die Wartung kommt es an«, sagte er.

»Ach, damit habe ich nichts am Hut«, sagte Isabella. »Mein Zelt ist ein einziges Desaster.«

»In meinen Augen steht es perfekt«, sagte ich.

»Du hast es lediglich aus der Ferne gesehen«, erwiderte sie. »Es wirft Falten und hängt überall durch.«

Hartopp runzelte die Stirn.

»Haben alle Leinen den gleichen Abstand zueinander?«, fragte er.

»Mehr oder weniger«, sagte Isabella.

»Das ist ziemlich wichtig«, sagte er. »Vieles lässt sich bereits durch einen kleinen Eingriff beheben.«

»Wirklich?«

»Wenn du möchtest, kann ich mir das Ganze einmal anschauen.«

»Vielen Dank«, sagte sie. »Das wäre wunderbar. Dafür sollten wir irgendwann Zeit finden.«

»Gleich morgen?«, schlug Hartopp vor.

Isabella überlegte einen Augenblick, ehe sie antwortete.

»Vielleicht noch nicht so bald«, sagte sie und warf ihm ein gewinnendes Lächeln zu.

Allmählich sank die Sonne am Himmel. Biskuits und Früchtetrunk wurden serviert. Als die Gäste sich miteinander unterhielten, ließ ich meine Blicke durch die kleine Ansiedlung schweifen. Drüben am Ufer lagen nun, wie ich sah, die drei Boote kieloben auf Holzböcken. Irgendetwas sagte mir, dass sie dort eine ganze Weile liegen würden.

Am nächsten Morgen wachte ich früh auf. Ich sah hinaus auf die Zelte, die vereinzelt auf dem Feld standen: um mich herum nur Weite, Ruhe und Frieden. Da ein weiterer warmer Tag bevorstand, beschloss ich, einen Spaziergang am Fluss entlang zu machen, solange es noch relativ kühl war. Dabei war der Südosten unbedingt zu meiden: Trotz der jüngsten Ereignisse war die Situation mit Thomas immer noch verfahren, und ich wich ihm tunlichst aus. Ich beabsichtigte daher, zum Südzipfel des Feldes zu laufen und dann Richtung Westen weiterzugehen. Doch als ich das Ufer erreicht hatte, änderte ich meine Pläne. Wegen des fehlenden Regens war der Wasserstand bereits gesunken, und im äußersten Süden war der Fluss ganz besonders seicht. Mit einem Mal verspürte ich den Wunsch, hinüber ans andere Ufer zu waten: Es würde interessant sein, überlegte ich, das Feld einmal aus einem völlig anderen Blickwinkel zu sehen, und die andere Umgebung würde mir guttun. Da ich nicht wie gewisse andere Leute barfuß herumlief, zog ich meine Stiefel aus und nahm sie in die Hand. Es war ein Leichtes, den Fluss zu durchqueren, und bald hatte ich das gegenüberliegende Ufer erreicht. Fußspuren im Sand zeigten mir, dass auch Thomas an dieser Stelle an

Land ging; heute fügte ich zum ersten Mal meine eigenen Spuren hinzu. Nun wurde eine wirkliche Furt daraus.

Kaum hatte ich wieder trockenen Boden unter den Füßen, wandte ich mich um und schaute auf das Feld zurück. Mir fiel sofort auf, wie sehr das strahlend weiße Zelt die Szenerie bestimmte. Im Vergleich dazu wirkte mein eigenes Zelt winzig und unbedeutend, und Hens ebenfalls, während die neuen Zelte im Nordosten im frühmorgendlichen Dunst kaum zu sehen waren. Ganz offensichtlich hatte Thomas seinen Standort gut gewählt. Er bot ihm Kontrolle über den Fluss (und auch die beste Aussicht); die Absicht dahinter lag auf der Hand: Jeder, der sich aus dem Süden näherte, musste annehmen, Thomas sei wichtiger als wir anderen. Kein Wunder, dass er umherstolzierte, als gehörte ihm die ganze Gegend. In der Tat hätte es mich nicht gewundert, wenn er von uns niedrigen Sterblichen den Zehnten verlangt hätte oder vielleicht sogar eine Gebühr für die Nutzung der Furt. Hen, so vermutete ich, stand eigentlich bereits unter Thomas' Fuchtel. Die Art und Weise, wie er seinen Anspruch, als Erster auf dem Feld gewesen zu sein, immer weiter zurückschraubte, ließ ahnen, dass die beiden zu einer feudalähnlichen Übereinkunft gekommen waren. Natürlich vermutete ich das nur, doch gab es genügend Hinweise, dass ich mit meiner Theorie richtiglag. Wann immer Hen zum Beispiel den Namen Thomas aussprach, klang er so ehrerbietig, als zöge er seinen nicht vorhandenen Hut. Außerdem ließ er sich nur selten im Norden, Osten oder Süden blicken. Hen hatte sich in der Tat in seinem Außenposten im Westen verschanzt. Doch diese

Medaille hatte zwei Seiten. In den vergangenen Wochen hatte ich Thomas niemals sehr weit in den Westen vordringen sehen: Wann immer er in diese Richtung marschierte, machte er ein gutes Stück vor dem westlichen Gebiet kehrt. Thomas hielt sich offenbar an seinen Teil der Abmachung. Somit konnte Hen sein abgeschiedenes Leben genießen, was er ohnehin bevorzugte. Vielleicht war er klüger, als ich dachte.

All dies ging mir durch den Kopf, als ich die Umgebung jenseits des Flusses weiter erkundete. Ich war nach Osten gegangen, und Isabellas rotes Zelt kam in Sicht. Unterdessen war es hell geworden, doch für ihr tägliches Schwimmen war es noch zu früh; nichts rührte sich in ihrem Zelt. (Auch bei Brigant tat sich nichts.)

Schon überkam mich ein merkwürdiges Gefühl von innerer Distanz. Obwohl ich nur eine Flussbreite vom Großen Feld entfernt war, fühlte ich mich bereits von Hen, Isabella und den anderen getrennt. Mir wurde bewusst, dass das Feld der Ort war, wo ich wirklich hingehörte; und plötzlich verspürte ich den Drang, sofort zurückzukehren. Als ich auf die Furt zulief, entdeckte ich Thomas, der auf der anderen Flussseite ebenfalls darauf zuging. Er schlenderte in seiner üblich gelassenen Art zum Ufer. Ich wusste nicht, ob er mich bereits gesehen hatte; doch nun war es zu spät, meinen Entschluss zu ändern. Ich ging im selben Augenblick wie er in den Fluss und durchwatete das seichte Gewässer. Während wir uns aufeinander zubewegten, fiel mir auf, wie unterschiedlich wir waren: Ich hielt ein Paar Stiefel in der Hand, und er war in wallende weiße Gewänder gehüllt; auch trug er im Gegensatz zu mir einen Bart. Wir hatten nichts gemein, außer dass wir auf demselben Feld wohnten. Aus irgendeinem Grund hielt er sich für etwas Besseres, und ich machte mich zumindest auf eine Verwarnung gefasst, weil ich die Furt ohne seine Erlaubnis benutzte. Deshalb überraschte es mich, dass wir aneinander vorbeiwateten und uns lediglich beiläufig zunickten. Es fiel kein einziges Wort; diese Begegnung war für mich recht verblüffend. Ob sein Kopfnicken ein Gruß, eine Kenntnisnahme oder nur eine herablassende Geste gewesen war, blieb unklar; doch als ich das Ufer erreicht hatte, war ich zu dem Schluss gekommen, dass es keine große Rolle spielte. Ich beobachtete Thomas, als er sich langsam und zielbewusst weiter in den fernen Süden begab. Es war klar, dass keiner von uns beiden in nächster Zeit sein Verhalten ändern würde. Und deshalb hatte unser Kopfnicken den Charakter einer unausgesprochenen Übereinkunft. Es war eine Geste gegenseitiger Akzeptanz. Das genügte mir.

Ich musste zugeben, dass diese veränderte Sicht auf die Dinge sehr guttat; und tatsächlich fühlte ich mich etwas erleichtert, als es Morgen wurde. Alsbald tauchte Isabella auf und nahm ungestört ihr Bad im Fluss. Sie schwamm weit über das strahlend weiße Zelt hinaus und würdigte es, als sie daran vorbeischwamm, kaum eines Blickes. Danach kehrte sie ans Ufer zurück und legte sich für den Rest des Tages in die Sonne.

Am Nachmittag spazierte ich hinüber zu Hartopp, um ihm einen Besuch abzustatten. Obgleich er und sein Gefolge erst vor Kurzem auf dem Feld angekommen waren, schienen sie sich recht bereitwillig in die Gemeinschaft eingefügt zu haben. Sie waren unermüdliche Gastgeber und halfen aus, wo sie konnten. Hartopp wartete noch immer darauf, dass Isabella ihn rief, damit er die Mängel an ihrem Zelt behebe; doch bislang war das noch nicht geschehen. Und so vertiefte er sich in das Studium von Zelten. Konstruktions-, Struktur- und Funktionsprobleme, erklärte er, könnten mit wissenschaftlichen Methoden gelöst werden.

In der Zwischenzeit hatten sich seine beiden Söhne auf die Suche nach Isabellas fehlendem Boot gemacht. Am Abend zuvor hatte ich von den Zwischenfällen bei ihrer Ankunft erzählt, und meine Schilderung des umhertreibenden Boots hatte die beiden fasziniert. Sie wollten einen Suchtrupp aufstellen. Vielleicht, so überlegten sie, habe das Boot sich im äußersten Südwesten, wo der Fluss sich krümmte, im Schilf verfangen (sie erwogen sogar, Hen als ortskundigen Führer anzuheuern, entschieden dann aber, sie kämen ohne Hilfe aus). In meinen Augen war ihr Plan von Anfang an zum Scheitern verurteilt: Wo immer das Boot hingetrieben sein mochte, war es mit Sicherheit von Vogelschnäbeln zerhackt worden. Dennoch brachen die Brüder auf, um nach ihrer Trophäe zu suchen. Wahrscheinlich erhofften sie sich, Isabellas Gunst zu gewinnen, wenn sie das Boot mit großem Triumph zurückbrächten. Doch erlitten sie eine Schlappe. Nachdem sie stundenlang das Schilf durchstreift hatten, kehrten sie mit leeren Händen zurück.

Nach dieser kurzen umtriebigen Phase nahm das Leben wieder seinen gewohnten ruhigen Lauf. Thomas kehrte schließlich zurück und bezog wieder seine imposante Residenz im Südosten; und erneut hatte er nur Augen für Isabella. An mehreren aufeinanderfolgenden Vormittagen gesellte er sich am Ufer zu ihr, trug ihr Handtuch und spielte den gefügigen Diener. Ich musste zugeben, ich bewunderte seine Hartnäckigkeit. Seine Bemühungen waren zweifellos galant, doch Isabella ließ sich nicht eine Sekunde lang betören. Das war nicht ihre Art. Sie mochte sich zwar in aller Öffentlichkeit abtrocknen, aber das Ankleiden fand in privater Zurückgezogenheit statt. Thomas' wiederholte Annäherungsversuche fruchteten nicht, und schließlich begann sein Interesse zu erlahmen. Isabella war so gut wie unerreichbar, das hätte ihm schon Hartopp sagen können.

Trotz dieser geringfügigen Niederlagen gab es keinen Anlass zur Klage. In Wahrheit fehlte es uns an nichts. Jeder von uns hatte genau das Zelt, das er wollte; wir genossen den Luxus eines zurückgezogenen Lebens; und das Wetter war warm und sonnig. Wir waren eine Handvoll Siedler, weit verstreut unter dem blauen Himmelszelt. Rings umher herrschten Ruhe und Frieden, und während der Sommer seinen Lauf nahm, senkte sich eine Atmosphäre von Zeitlosigkeit über das Feld.

Ausgerechnet Brigant machte uns auf die Eindringlinge aufmerksam. Ich sage »ausgerechnet«, weil er sicher der Letzte war, von dem ich erwartet hätte, dass er Alarm schlagen würde. Normalerweise kümmerte er sich um seine Angelegenheiten und war recht verschlossen. Er gehörte zu den Menschen, denen wenig entgeht, die sich aber mit Kommentaren zurückhalten. Außerdem war es ungewöhnlich, ihn im Morgengrauen umherstreifen zu sehen, und genau um diese Zeit tauchte die Vorhut auf.

Brigant hatte eine Weile gebraucht, um sich einzuleben. Die Tage nach seiner peinlichen Ankunft hatte er zurückgezogen in seinem Zelt verbracht, von der Außenwelt vollkommen abgewandt und ohne irgendein Lebenszeichen zu geben. Ich kam bald zu dem Schluss, dass er sich für diese einsiedlerische Existenz entschieden haben musste, doch Hartopp sah das anders. Er fühlte sich für das Wohl seiner Passagiere verantwortlich, und bald wurde Brigants anhaltende Apathie eine ernstliche Sorge für ihn. Offenbar war seine jüngste Vergangenheit nicht sehr glücklich verlaufen.

»Brigant hatte Probleme mit dem Reisen«, erklärte Hartopp. »Wir mussten unterwegs unzählige Male die Boote anhalten.«

Hartopp, Isabella und ich überlegten, was zu tun sei. In meinen Augen war es das Beste, Brigant sich selbst zu überlassen, bis er sich voll und ganz erholt hätte; doch wurde ich von Isabella überstimmt.

»Wir können ihn nicht einfach im Stich lassen«, sagte sie. »Er sah bei seiner Ankunft sehr krank aus, und vielleicht geht es ihm jetzt noch schlechter.«

Und so kam es, dass ich als Mitglied einer kleinen Abordnung auf Brigants Zelt zuging. Es stand in der Mitte des Feldes, und ich war zufällig sein nächster Nachbar (daher meine Beteiligung). Das Zelt war keine Augenweide: ein schlichtes Etwas mit Holzkugeln auf der Spitze einer jeden Stange. Die Zeltwände flatterten schlaff im Wind, als wir näher kamen. Wir blieben stehen und lauschten, hörten aber nichts; Hartopp sprach ruhig: »Brigant?«

Keine Reaktion.

»Brigant?«

Immer noch nichts.

»Vielleicht schläft er«, sagte ich.

»Vielleicht«, entgegnete Hartopp. »Doch selbst wenn, ist es beunruhigend.«

»Wir hätten früher kommen sollen«, sagte Isabella.

Wir sahen zu, als sie ganz nah an das Zelt herantrat.

»Brigant?«, rief sie sanft. »Brigant?«

Aus dem Inneren drang ein leises Stöhnen, und dann krächzte eine Stimme: »Was soll dieser ganze Krach?«

»Hallo, Brigant«, sagte Hartopp. »Wir wollten nur sehen, ob es dir gut geht.«

»Ich komm schon durch«, war die Antwort.

»Wir haben dir ein paar Kekse mitgebracht.«

Mir schien, als hörte ich ihn zu einem zweiten Stöhnen ansetzen, es wurde aber rasch unterdrückt.

Stattdessen murmelte eine Stimme ein schwaches: »Danke.«

Wir drei warteten. Aus dem Zelt drangen Stöhnen, leise Flüche und entnervtes Schnaufen; schließlich tauchte Brigants schmaler Kopf in der Zeltöffnung auf.

»Guten Morgen«, sagte er, an niemanden direkt gewandt.

»Nachmittag, um genau zu sein«, sagte Isabella.

Wie üblich war sie in betörendes Rot gekleidet, doch Brigant ließ ihre glanzvolle Erscheinung offenbar kalt.

»Fehler verstanden«, sagte er, ehe er ganz ins helle Tageslicht trat.

»Na«, sagte Hartopp heiter. »Ich bin froh, dich so gesund und munter zu sehen.«

Er reichte Brigant eine Dose mit Keksen und versicherte ihm, dass ausreichend Nachschub vorhanden sei.

»Sag mir Bescheid, wenn du gern noch welche hättest«, fügte er hinzu.

Brigant war von dieser großzügigen Geste sichtlich überwältigt. Sprachlos sah er auf das Geschenk, während Hartopp sich an dem Zelt zu schaffen machte, die Leinen spannte und einiges mehr. Eigentlich gab es wenig zu richten, aber diese Arbeit beschäftigte Hartopp für eine Weile.

»Jetzt ist es besser«, verkündete er schließlich.

»Danke«, murmelte Brigant abermals.

Hartopp lächelte und meinte, er gehe nun besser in den Nordosten zurück.

Nachdem er fort war, beäugte Brigant zweifelnd seine Kekse.

»Noch mehr von denen«, sagte er nach einer Weile, »und ich bekomme Skorbut.«

»Oh«, rief ich überrascht. »Ich finde sie recht schmackhaft.«

»Kann ja sein«, sagte Brigant. »Aber du musstest dich ja vermutlich auch nicht die letzten anderthalb Jahre davon ernähren.«

»Nein«, antwortete ich. »Nein, das stimmt.«

»Trotzdem«, sagte Isabella. »Es war nett von Hartopp, sie dir mitzubringen.«

»Na, wenn du das sagst«, gestand Brigant in müdem Tonfall zu. Er legte eine Hand auf die Stirn und schloss die Augen für eine ganze Weile; dann schlug er sie wieder auf und nahm Isabella in den Blick.

»Und wer bist du?«, fragte er.

»Isabella.«

»Ich bin Brigant.«

»Ja, das haben wir bereits erfahren«, sagte sie. »Angenehm.«

»Ebenso«, antwortete Brigant.

Er nickte mir zu, wandte sich dann um und spähte auf das elegante weiße Zelt, das in der Ferne in seinem Glanz erstrahlte.

»Manche mögen so was«, kommentierte er. »Sehr schick.«

»Es gehört Thomas«, sagte Isabella.

»Thomas der Stolze?«

»Soweit ich weiß, einfach nur Thomas«, sagte sie.

Ich begann Brigant zu mögen, trotz seiner recht schroffen Art. Er sah hinüber nach Westen, wo Hen mit irgendetwas beschäftigt war.

»Wer ist dieser Typ?«, erkundigte er sich.

»Er heißt Hen«, sagte ich. »Er war als Erster hier.«

»Wirklich?«, sagte Isabella. »Ich dachte, das sei Thomas gewesen.«

»Hat er dir das so erzählt?«

»Nicht direkt«, sagte sie. »Aber ich hatte immer angenommen, dass er vor allen anderen hier war.«

»Darüber kann man streiten«, entgegnete ich. »Jedenfalls hat Hen sich hier als Erster angesiedelt, und damit hat er das Vorrecht.«

»Aber …

Weiter kam Isabella nicht, denn Brigant unterbrach sie plötzlich.

»Spielt das eigentlich eine Rolle?«, schnauzte er. »Schließlich geht es hier doch nur um ein verdammtes Feld.«

Ich schaute Brigant verwundert an. Ganz offensichtlich teilte er meine idealistische Vorstellung von dem Feld nicht: ein auserwählter Ort, vor allem, um einen bestimmten Zweck zu erfüllen; ein Ort, an dem bedeutsame Ereignisse sich anbahnen und entfalten würden. In Brigants Augen handelte es sich nur um ein »verdammtes Feld«. Während des Schweigens, das seinem Ausbruch folgte, fragte ich mich, ob er vielleicht recht und ich mir von Beginn an etwas vorgemacht hatte. Als ich gründlich über diese Frage nachdachte, wurde mir bewusst, dass sich in den ganzen Wochen seit meiner Ankunft nichts Bedeutsames ereignet hatte. Sonnenschein und Regen hatten einander abgewechselt, und währenddessen waren langsam und stetig Neuankömmlinge eingetroffen. Eines war klar: Die dünne Besiedlung reichte kaum aus, um irgendeinen Bekanntheitsgrad zu erreichen, geschweige denn bedeutsame Ereignisse anzustoßen.

Isabellas Erwartungen hatten sich ebenfalls nicht erfüllt. Sie hatte sich ein riesiges Meer von Zelten vorgestellt, die sich im Wind blähten, darüber flatternde Fahnen und wehende Wimpel. Es war eine lebhafte Vorstellung, und ich konnte mir das Bild, das sie sich ausgemalt hatte, ganz leicht vor Augen führen, aber bislang war noch nichts daraus geworden.

Doch sie blieb optimistisch.

»Nun, wer auch immer als Erster hier war«, sagte sie, »ich finde, wir haben Glück, dass wir eine so schöne Wiese haben.«

Bei ihren Worten schien sich Brigants Unmut zu legen.

»Die wird schon reichen, nehme ich an«, sagte er endlich.

Brigant mochte von seiner neuen Umgebung nicht begeistert sein, doch eine Besonderheit weckte sein Interesse.

»Ich sehe, hier gibt es ein leichtes Gefälle«, bemerkte er.

»O ja«, sagte ich. »Ein ganz leichtes. Man bemerkt es kaum.«

»Ein Gefälle ist ein Gefälle«, sagte Brigant.

Er blickte über das Feld nach Norden, wo die Wildnis begann, dann wandte er sich um und blickte südwärts.

»Hmm«, machte er gedankenverloren. »So ein Gefälle ist immer ein guter Test.«

Ich konnte mit seiner Bemerkung nicht viel anfangen. In den nächsten Tagen redete er aber nach und nach immer mehr über dieses Thema. Bei Unterhaltungen begann er von dem »unteren Feld« und dem »oberen Feld« zu sprechen, als sei das Große Feld in zwei Hälften geteilt. Das Gefälle spielte offenbar eine zentrale Rolle bei dieser Teilung. Das Land südlich von Brigant war das untere Feld, alles nördlich von ihm das obere Feld. Die Trennlinie zwischen diesen beiden Gebieten war selbstverständlich vollkommen willkürlich, doch Brigant bestand auf dieser Unterscheidung. Überdies fiel mir auf, dass er eine Vorliebe für den Norden entwickelt hatte. Oft sah man ihn, im, wie es er nannte, oberen Feld umherstreifen, wohingegen er sich nur selten in den Süden wagte.

Daher war ich überrascht, als ich eines Morgens in der Früh seine Stimme vor meinem Zelt hörte.

»Bist du wach?«, fragte er leise.

»Gerade aufgewacht«, sagte ich. »Was machst du um diese Uhrzeit schon da draußen?«

»Ich konnte nicht schlafen«, antwortete er.

»Das ist ja was ganz Neues.«

»Könntest du bitte rauskommen?«

Da ich Dringlichkeit in seiner Stimme hörte, schlüpfte ich rasch in meine Stiefel und ging hinaus.

Brigant starrte auf den Fluss.

»Was hältst du von diesen komischen Typen da?«, fragte er.

Drüben am anderen Ufer standen drei gelbbraune kegelförmige Zelte, an deren Spitzen weiße Wimpel flatterten. Neben diesen Zelten standen einige Männer. Sie alle trugen die gleichen gelbbraunen Tuniken und blickten zu uns herüber.

»Ich weiß nicht recht, was ich von ihnen halten soll«, sagte ich. »Hast du eine Ahnung, seit wann sie da sind?«

»Nein«, sagte Brigant. »Ich habe sie nicht ankommen sehen.«

»Sie scheinen uns zu taxieren.«

»Genau das war auch mein Eindruck.«

Aus dem Augenwinkel sah ich, dass sich im Südosten etwas bewegte. Thomas erschien am Eingang seines Zelts, und es dauerte nicht lange, bis er die Männer am gegenüberliegenden Flussufer bemerkte. Ich dachte, dass er sofort in ihre Richtung marschieren würde, so wie damals, als Hartopp und sein Gefolge an Land gegangen waren. Stattdessen blieb er, wo er war, und behielt die Neuankömmlinge im Auge, unternahm aber vorerst nichts.

Unterdessen zog sich Brigant in seine nördlichen Gefilde zurück.

So blieb es für den Rest des Vormittags. Hen, Hartopp und die anderen erschienen einer nach dem anderen, um den neuen Tag zu begrüßen, wobei ihr Blick als Erstes auf die drei kegelförmigen Zelte fiel. Als Letzte tauchte Isabella auf. Die Sonne stand schon recht hoch am Himmel, als ich sie auf Zehenspitzen zum Ufer tippeln sah. Wie üblich ließ sie ihr Handtuch fallen, glitt ins Wasser und schwamm einige Male von einem Ufer zum anderen, ehe sie sich sanft flussabwärts treiben ließ. Als sie in die Nähe des schimmernden weißen Zelts kam, verharrte sie kurz im seichten Wasser und schwamm dann wieder flussaufwärts. Isabella beendete ihre tägliche Ertüchtigung und kam an Land, offenbar ohne die jüngsten Ereignisse am Südufer wahrgenommen zu haben.

Doch ein wenig später – unterdessen war sie angezogen – sah ich sie zu dem jenseitigen Feld hinüberblicken. Mit einer schützenden Hand über den Augen stand sie lange da, als wollte sie die Landschaft in jeder Einzelheit erfassen; dann kam sie zu mir und sprach mich an.

»Wie ich sehe, gibt es Neuankömmlinge«, sagte sie.

»Ja«, antwortete ich. »Sie sind schon seit den frühen Morgenstunden hier.«

»Mir gefallen ihre spitz zulaufenden Zelte.«

»Das dachte ich mir.«

»Aber die Farbe mag ich nicht.«

»Ach.«

»Aus allen Farben der Welt müssen die sich ausgerechnet Gelbbraun aussuchen!«, sagte sie verächtlich. »Sogar ihre Kleidung! Mal ganz ehrlich, manche Leute haben keinen Sinn für Fröhlichkeit.«

»Abgesehen von ihm«, bemerkte ich.

Isabella wusste genau, von wem ich sprach. Einer der Männer war irgendwie anders als seine Genossen. Er war hochgewachsen, tief sonnengebräunt und trug eine purpurrote Schärpe über seiner Tunika. Wegen seines Auftretens hielt ich ihn für den Anführer: Hin und wieder marschierte er zwischen ihnen umher und verteilte nach allen Seiten Befehle; doch im Augenblick stand er allein am Fluss und betrachtete das Große Feld, das sich vor ihm erstreckte.

»Also, in meinen Augen ist er etwas Besonderes«, sagte Isabella.

»Ich finde, er gibt ganz schön an, wie er so mit seiner purpurroten Schärpe auf und ab stolziert«, sagte ich.

Wir beobachteten, dass er sich wieder zu den anderen Männern gesellte und eine Reihe von Befehlen gab. Sie verließen auf der Stelle ihre Posten und verschwanden in zwei Zelten. Ihr Anführer wartete kurz, warf einen letzten Blick über den Fluss und zog sich dann in das dritte Zelt zurück.

»Vermutlich brauchen sie Schlaf, wenn sie die ganze Nacht gereist sind«, sagte ich. »Wahrscheinlich kommen sie von weit her.«

»Aus dem tiefen Süden, nehme ich an«, sagte Isabella.

»Ja«, stimmte ich zu. »Sehr wahrscheinlich.«

Im Lauf des Nachmittags wurden die Neuen zum Gegenstand ausufernder Spekulationen unter uns. Bald schon ging Hollis, Hartopps ältester Sohn, hinunter zu der Furt, um sich die drei Zelte aus größerer Nähe anzuschauen. Bei seiner Rückkehr berichtete er, dass die flatternden Wimpel den Buchstaben J trugen.

»Was wollen die nur?«, fragte Hartopp.

»Vielleicht einen Ort, wo sie bleiben können?«, legte ich nahe.

»Und warum durchqueren sie dann nicht den Fluss?«

Eine gute Frage. Den ganzen Abend lang hörte man aus verschiedenen Zelten leise Gespräche dringen, in denen dieses Thema gründlich erörtert wurde. Sogar Hen kam aus dem Westen, um sich an der Diskussion zu beteiligen. Man kam jedoch zu keinem Ergebnis, und am nächsten Tag hatte sich nichts verändert.

Ich stand früh auf und blickte nach Süden. Die Männer auf dem anderen Feld waren bereits auf den Beinen, doch ihren Anführer konnte ich erst nirgends entdecken. Doch nach einer Weile erspähte ich ihn; er patrouillierte am Ufer im Osten; er befand sich ungefähr auf der Höhe von Isabellas rotem Zelt, das er von seinem Standort aus einer kurzen Musterung unterzog, bevor er weiterging. Auch Hartopps kleines Feldlager betrachtete er prüfend; dann kehrte er auf demselben Weg zurück, auf dem er gekommen war. Nur einmal blieb er kurz stehen, um das strahlend weiße Zelt anzuschauen. Thomas, muss man wissen, war am Abend zuvor den Diskussionen ferngeblieben. Bislang hatte ich angenommen, die anhaltende Präsenz der Neuen würde ihn zu einer Reaktion anstacheln, und Hen hatte Ähnliches geäußert. Schließlich war es Thomas, der so protzig auftrat, als gehörte ihm die ganze Gegend; und es war sein Zelt, das auf der saftigen Wiese im Südosten stand. Doch hatte er nichts unternommen, sondern lediglich die Lage von seinem Zelteingang verfolgt.

Als jetzt der sonnengebräunte Typ auf der anderen Flussseite vorbeimarschierte, fragte ich mich, wer den nächsten Zug machen würde.

Isabella ließ sich selbstverständlich durch niemanden von ihrer täglichen Routine abbringen. Am Vormittag trat sie aus ihrem Zelt, tippelte auf Zehenspitzen ans Ufer, ließ ihr Handtuch fallen und glitt ins Wasser. Meinem Eindruck nach waren ihre Schwimmbewegungen energischer als sonst, und sie verbrachte auch weniger Zeit damit, sich träge flussabwärts treiben zu lassen. Der Grund dafür mochte der jüngste Wetterumschwung sein: Die lange Schwüle war endlich vorbei. Es war noch immer strahlender Sonnenschein, doch es kam ein leichter Wind auf, und die Temperaturen waren ein wenig gefallen. Isabella glich diesen Unterschied offenbar durch energische Bewegungen aus. Nachdem sie sich abgetrocknet und angezogen hatte, kam sie zu mir und Hen herüber. Wir standen genau wie am Tag zuvor an meinem Zelt und schauten in den Süden. Das war unser hauptsächlicher Zeitvertreib geworden. Seit der Ankunft der Neuen bereiteten uns die Vorgänge auf dem Nachbarfeld Sorge. Um ehrlich zu sein, taten wir nichts anderes, als die anderen zu beobachten, während sie uns beobachteten. Niemand wollte es zugeben, aber das Schlimmste war die endlose Warterei. In Gegenwart dieser Fremden, die jede Minute den Fluss durchqueren und zuschlagen konnten, fiel es schwer, weiter den Frieden und die Ruhe zu genießen, an die wir uns gewöhnt hatten. Insbesondere Isabella wollte die Angelegenheit geklärt haben.

»Nun kommt schon, wenn ihr das vorhabt«, raunte sie mit starrem Blick auf die Wachposten in der Ferne.

»Sie lassen sich Zeit«, kommentierte Hen. »Es sei denn, sie sind sich über ihre nächsten Schritte noch nicht schlüssig.«

»Meinetwegen«, sagte Isabella. »Ich wünschte nur, sie würden sich bald entscheiden.«

Plötzlich und aus Gründen, die ich nicht erklären konnte, verspürte ich den Drang, der festgefahrenen Situation ein Ende zu bereiten. Ohne ein Wort zu den anderen machte ich mich auf den Weg zur Furt; ich war mir allerdings nicht sicher, was genau ich tun würde, wenn ich dort angelangt wäre. Die Männer am anderen Ufer sahen mich näher kommen, rührten sich aber nicht: Offenbar hatten sie nichts dagegen, dass ich zu ihnen hinüberkam. Mir schoss der Gedanke durch den Kopf, dass sich dies als taktischer Vorteil oder auch als Zeichen der Schwäche deuten ließ. Wie auch immer, es gab kein Zurück mehr, und so trat ich ins seichte Wasser und durchwatete den Fluss. Als ich auf der anderen Seite an Land ging, kam der Mann mit der purpurroten Schärpe auf mich zu.

Die Begrüßung fiel recht höflich aus.

»Guten Morgen«, sagte er.

»Guten Morgen«, entgegnete ich.

»Das Wetter wird kühler.«

»Ja, scheint so.«

»Ich nehme an, das Wasser ist ziemlich kalt.«

»Nicht so schlimm.«

Er sah mich schweigend an, dann deutete er mit dem Kopf auf das strahlend weiße Zelt.

»Das ist deines, nicht wahr?«

Er wusste sehr gut, dass es nicht meines war: Er und sein Gefolge hatten das Feld in den vergangenen vierundzwanzig Stunden ausgespäht, und sie wussten ganz genau, welches Zelt mir gehörte, welches Thomas und so weiter.

»Nein, ist es nicht«, sagte ich.

»Und wer hat das Kommando?«

»Niemand.«

»Wirklich?«, sagte er. »Das ist ja eine sonderbare Regelung.«

»Für uns nicht. Für uns ist das ganz normal.«

»Freut mich zu hören.«

Bislang hatte er einen Plauderton angeschlagen, wahrscheinlich um mich zu beruhigen.

Doch dann ließ er allen Feinsinn beiseite.

»Schieß los«, sagte er. »Was willst du?«

»Nun, einige von uns, die schon seit einer ganzen Weile hier leben, fragen sich, was ihr vorhabt.«

Er sah mich belustigt an. »Was macht es für einen Unterschied, seit wann man hier ist?«

»Manchen ist das wichtig.«

»Verstehe.« Er hielt kurz inne und fuhr dann fort. »Unsere Pläne«, sagte er schließlich, »hängen vom Angebot ab.«

»Aha.«

»Kläre uns über eure Bedingungen auf, dann sehen wir weiter.«

»Gut.«

Mir wurde bewusst, dass ich völlig unvorbereitet für diese Begegnung den Fluss durchquert hatte. Ich hatte nicht die geringste Ahnung, von welchem Angebot die Rede war und auf welche Weise es seine Pläne beeinflussen könnte. Überdies wurde mir klar, dass ich im Umgang mit diesen Leuten höchst umsichtig sein musste. Sie waren nicht zum Scherz hier, das hatte ich begriffen: Im Gegenteil, der Ausgang unseres Treffens konnte von höchster Relevanz sein.

»Bevor wir anfangen«, sagte ich, »darf ich fragen, mit wem ich es zu tun habe?«

»Ich bin davon ausgegangen, dass du das bereits weißt«, sagte er knapp. »Ich heiße Julian.«

»Entschuldige«, sagte ich. »Ja, natürlich.«

Ich sah hinüber zu den drei kegelförmigen Zelten, wo die anderen Männer standen und das Geschehen verfolgten. An der Spitze eines jeden Zelts flatterte ein weißer Wimpel, auf dem purpurrot der Buchstabe J prangte.

Unterdessen wartete Julian ab, was ich als Nächstes tun würde.

»Und?«, sagte er.

»Ich denke, ich muss mich erst mit den anderen beraten«, antwortete ich.

»Beraten?«, wiederholte er. »Aber man hat dich doch sicher zum Verhandeln herübergeschickt.«

»Irgendwie schon«, sagte ich.

»Was meinst du mit ›irgendwie‹?«

Julian wurde immer gereizter, sogar unfreundlich; und ich wusste nicht, was ich als Nächstes sagen sollte, ohne ihn noch mehr zu verärgern. Doch da richtete er den Blick in die Ferne.

»Ah«, sagte er. »Wer kommt denn da?«

Ich drehte mich rasch um und sah, dass Thomas, von seinen weißen Gewändern umwirbelt, am jenseitigen Ufer ins Wasser ging. Julian kümmerte sich nicht weiter um mich und stiefelte zum Ufer. Dort wartete er stocksteif auf Thomas' Ankunft. Sein Gefolge beobachtete das Geschehen aufmerksam.

Ich hätte nie gedacht, dass ich mich jemals freuen würde, Thomas den Fluss durchqueren zu sehen; aber in diesem Augenblick war ich mehr als froh: Ich war hocherfreut, um nicht zu sagen, überaus erleichtert. Zweifellos hatte ich mir mehr aufgebürdet, als ich tragen konnte. Als Thomas mir zu Hilfe kam, spürte ich plötzlich, dass mir eine Last von den Schultern genommen wurde.

Doch das hatte seinen Preis. Als Thomas an Land gegangen war, schüttelte Julian ihm höflich die Hand. Ins Gespräch vertieft, schlenderten die beiden los. Offenbar hatte Julian Thomas eingeladen, die drei kegelförmigen Zelte in Augenschein zu nehmen. Ihr Weg führte ganz nah an mir vorbei, doch keiner der beiden würdigte mich auch nur eines Kopfnickens. Sie ließen mich einfach links liegen und spazierten weiter. Julians Untergebene wurden Zeugen dieser offenkundigen Kränkung und grinsten sich mit unverblümter Schadenfreude an. Daraufhin machte ich auf dem Absatz kehrt und ging zum Ufer zurück. Und schon war ich im seichten Wasser auf dem Weg hinüber zum Großen Feld.

Hier angekommen, war meine Laune auf dem Tiefpunkt. Die Episode mit Julian war eine Blamage ohnegleichen, und ich hatte nur im Sinn, mich auf kürzestem Wege zu meinem Zelt zu begeben und mich für mehrere Tage zurückzuziehen. Da ich mich keinesfalls einer Empfangsdelegation stellen wollte, lief ich ein wenig schneller, als ich Isabella und Hartopp auf mich zukommen sah. Doch vergeblich; sie nahmen eine Abkürzung und fingen mich ab, bevor ich meinen sicheren Hafen erreicht hatte.

»Was wollt ihr?«, fragte ich. »Soll das etwa eine Leichenschau sein?«

Hartopp war deutlich verblüfft über meine harschen Worte.

»Nein«, sagte er. »Wir wollen dir gratulieren.«

»Ach!«

»Ein brillanter Schachzug«, fügte er hinzu.

Ich blickte ihn erstaunt an. »Was für ein Schachzug?«

»Sei nicht so bescheiden«, sagte Isabella. »Du hast das Ganze in Bewegung gebracht. Du bist zu den Neuen hinübergegangen, hast die Verhandlungen eröffnet und damit Thomas den Boden bereitet. Eine ausgezeichnete Leistung!«

Ich erlaubte mir kurz, dieses unerwartete Lob auszukosten, und äußerte dann meinerseits ein Urteil.

»Beim Umgang mit diesen Leuten wird er einen klaren Kopf brauchen«, sagte ich

»Warum, wie sind sie?«, fragte Hartopp.

»Ich habe ja nur Julian kennengelernt«, antwortete ich. »Auf mich macht er den Eindruck eines ziemlich reizbaren Zeitgenossen.«

»Ist das der mit der purpurroten Schärpe?«

»Genau.«

»Er wirkt sehr sportlich«, sagte Isabella.

»Eine treffende Beschreibung«, sagte ich. »Vermutlich ist er ein harter Rivale, wenn es zur offenen Auseinandersetzung kommt.«

»Aber sie haben ja nur drei Zelte«, sagte Hartopp. »Wir werden sicher einen Platz für sie finden.«

Hartopp war wie immer die Großzügigkeit in Person; doch ich hatte das Gefühl, dass die Dinge nicht so einfach lagen, wie er dachte. Irgendwie fiel mir die Vorstellung schwer, dass die Neuen sich friedfertig mitten unter uns ansiedeln würden. Die Art und Weise, wie sie unser Feld aus der Entfernung beäugt hatten, legte nahe, dass sie Größeres vorhatten; und Julians Bemerkung bezüglich eines vermeintlichen Angebots bestärkte meinen Verdacht.

Am jenseitigen Ufer dauerte Thomas' Mission an. Wir beobachteten, dass ihm die kegelförmigen Zelte ausführlich gezeigt wurden; dann setzte er sich mit Julian zu weiteren Verhandlungen hin. Diese dauerten ungefähr eine Stunde, dann sprangen beide unvermittelt auf und gingen zur Furt. Seite an Seite betraten sie den Fluss und wateten auf das Große Feld zu.

»Da sind sie«, verkündete Isabella.

Ich stellte mit Interesse fest, dass sie nicht zum Ufer ging, um Julian zu begrüßen; und Hartopp ebenso wenig.

Kaum waren sie an Land, führte Thomas seinen Gast zu dem strahlend weißen Zelt, vermutlich, um ihm seinerseits eine Besichtigung anzubieten. Anschließend schritt Julian eine ganze Weile das Gebiet im Südosten ab, sah in alle Richtungen und studierte die Lage des Gebiets. Thomas hielt sich unterdessen still im Hintergrund.

Es wurde bereits dunkel, als ich Julian ans andere Ufer zurückkehren sah. Isabella und Hartopp waren schon längst in ihren Zelten verschwunden; offenbar gingen beide davon aus, dass das Treffen zufriedenstellend verlaufen war. Ich war mir dessen nicht so sicher. In den letzten Tagen schien Thomas sein strotzendes Selbstbewusstsein eingebüßt zu haben. Aus Gründen, die nur er kannte, hatte er sich Verantwortung aufgebürdet; doch war ich nicht sicher, ob er Julian das Wasser reichen konnte.

So war es kein Wunder, dass ich eine weitere Nacht schlecht schlief. Ich hatte eine Reihe seltsamer Träume, in denen Isabella, Julian und ich vorkamen; immer war ich auf der falschen Uferseite und versuchte, den Fluss zu durchqueren. Nach Tagesanbruch erwachte ich völlig durcheinander und spähte durch die Zeltöffnung hinaus. Ich hatte fast damit gerechnet, Julians Zelte auf dem Großen Feld stehen zu sehen. Zu meiner Überraschung waren sie jedoch gänzlich verschwunden, und ebenso das strahlend weiße Zelt.

Ich brauchte eine Weile, bis ich mich an die drastisch veränderte Aussicht gewöhnt hatte. Ohne das Vorzeigezelt mit Flussblick machte der Südosten mit einem Mal einen leeren und verlorenen Eindruck, und die angrenzenden Felder wirkten ähnlich verlassen. Der Himmel war grau und bewölkt, und aus dem Osten wehte ein für die Jahreszeit ungewöhnlich kühler Wind; beides trug nicht dazu bei, die bedrückende Atmosphäre aufzuheitern. Mit wachsender Unruhe trat ich aus meinem Zelt ins Freie und sah mich um. Gott sei Dank, alle anderen waren noch da: Isabella, Hartopp, Brigant und Hen waren noch immer an ihren angestammten Plätzen.

Hen war bereits auf den Beinen; als er mich sah, schlenderte er zu mir.

»Guten Morgen«, sagte er. »Von gestern auf heute hat sich ja einiges verändert.«

»Ja«, pflichtete ich bei.

»Die Vögel sind ausgeflogen.«

»Hast du sie aufbrechen sehen?«

»Ja, sehr früh«, antwortete Hen. »Sie haben sich alle zusammen auf den Weg gemacht.«

»Ach ja?«

»Diese anderen Leute haben Thomas mit seinem Zelt geholfen. Dann sind sie alle in Richtung Süden aufgebrochen.«

Hens Bericht war sehr aufschlussreich, und ich dachte eine ganze Weile schweigend darüber nach.

Wir sahen, dass Hollis am hinteren Ende des Feldes langsam am Flussufer entlangging und hin und wieder an den verschiedenen Aussichtspunkten stehen blieb. Er machte einen respektvollen Bogen um Isabellas leuchtend rote Behausung und setzte dann seinen Weg in Richtung Südosten fort. Als er an der Flussbiegung angekommen war, blieb er stehen und inspizierte den Boden. Ich wusste genau, was er da sah: Er betrachtete den achteckigen Abdruck, den Thomas' Zelt im Gras hinterlassen hatte. In den vergangenen Wochen war mir aufgefallen, dass Hollis die meisten Dinge mithilfe forensischer Methoden anging; vermutlich hatte er diese Eigenart von Hartopp geerbt. Alles Naturwissenschaftliche, Mechanische, Mathematische und in diesem Fall Geometrische faszinierte ihn.

Hen, der noch immer neben mir stand, sagte nichts. Ob er wohl drauf und dran war, selbst hinüberzugehen und einen Blick auf die Abdrücke im Gras zu werfen, nur um sich davon zu überzeugen, dass Thomas wirklich fort war?

Hollis war unterdessen weiter am Fluss entlangspaziert und hatte den Südzipfel erreicht. Als er sich der Furt näherte, blieb er kurz stehen, als überdenke er seine Alternativen; dann ging er, ohne zu zögern, ins Wasser und watete ans andere Ufer hinüber. Hen und ich sahen zu, als er an Land ging und zu der Stelle lief, wo die drei kegelförmigen Zelte gestanden hatten. Wieder inspizierte er den Boden und musterte die Spuren, die Julian und sein Gefolge hinterlassen hatten.

»Hast du eigentlich herausgefunden, was sie wollten?«, brach Hen endlich unser Schweigen.

»Eigentlich nicht, nein«, antwortete ich. »Es war alles ziemlich vage.«

»Vielleicht hat Thomas es herausgefunden.«

»Ja, vielleicht«, sagte ich. »Aber das werden wir wahrscheinlich nie erfahren.«

Am Ende drehte Hollis um und kehrte auf demselben Weg in den Nordosten zurück, auf dem er gekommen war. Ob seine Nachforschungen etwas ergeben hatten, war unklar; aber Hen und ich waren sicher auch nicht schlauer als er. Eine große unbeantwortete Frage lastete nun auf dem Feld, eine Frage, die in den nächsten Tagen unser aller Gedanken und Gespräche beherrschen sollte. Trotz endloser Mutmaßungen konnte niemand den raschen Aufbruch von Thomas und Julian mit seinen Männern erklären.

Zudem gab es einen weiteren Aspekt, und es war Isabella, die ihn zur Sprache brachte.

»Das Feld sieht jetzt ganz merkwürdig aus«, verkündete sie eines stürmischen Nachmittags. »Es ist aus dem Gleichgewicht.«

Damit meinte sie den verlassenen Südosten und wollte andeuten, dass doch einer von uns den leer gewordenen Platz besetzen solle.

»Warum ziehst nicht du dorthin?«, schlug ich vor.

»Nein, mir gefällt es, wo ich bin«, sagte sie. »Ich habe eigentlich dich gemeint.«

Ich begriff ihren Gedankengang. In der Tat war ich der einzig mögliche Kandidat. Weder Hartopp noch Brigant zeigten die geringste Neigung, ihr Lager in den Südosten zu verlegen; und ich wusste, dass Hen fest im Westen angesiedelt war. Wie zuvor waren die Abdrücke im Gras für mich ein Problem. Es widerstrebte mir auch dieses Mal, mein Zelt umzusetzen, ehe nicht alle Spuren des Vorgängers verschwunden waren. Deshalb beschloss ich, einstweilen zu bleiben, wo ich war.

»Wie du willst«, sagte Isabella. »Aber du lässt dir da eine einmalige Gelegenheit entgehen.«

In jener Nacht lag ich wach und lauschte dem Wind, der allmählich an Stärke zunahm. Ohne Zweifel stand uns schlechtes Wetter bevor. Ich war zuversichtlich, dass es sich früher oder später wieder bessern würde: Es gab keinen Grund, warum das anders sein sollte. Dennoch schien nun die goldene Zeit des Sommers bereits eine Weile zurückzuliegen; mir kam der Gedanke, dass sie verstrichen war, ohne dass ich es bemerkt hatte.

Im Morgengrauen wurde das Tosen des Windes durch ein anderes Geräusch verstärkt, das ich zunächst nicht zuordnen konnte. Es kam aus dem Süden, und als ich langsam erwachte, identifizierte ich es als entfernte Trompetenstöße. Ich schaute durch die Zeltöffnung hinaus und erblickte am anderen Ufer gewaltig viele Männer. Alle trugen gelbbraune Tuniken; und während ich sie beobachtete, dämmerte es mir: Julian und seine Männer waren nur die Vorhut gewesen; jetzt war der Haupttrupp eingetroffen.

Natürlich konnte man dagegen nichts unternehmen. Wir waren eine Handvoll Siedler und gegenüber einem Zustrom von dieser Größe hilflos. Rasch informierte ich Hartopp und die anderen über die Lage im Süden; und wir schauten schweigend zu, wie die Neuen sich langsam organisierten. Innerhalb einer Stunde durchquerten sie, mit allerlei Ausrüstung, Vorräten und Gepäck beladen, in Scharen den Fluss. Ihre Logistik war beeindruckend: Sie hatten ihren Standort ganz eindeutig vorher ausgewählt, und jeder Handgriff schien Teil eines sorgsam ausgearbeiteten Plans zu sein. Sie errichteten ihre Zelte perfekt parallel zueinander; der Standort für jedes Zelt war genau markiert. Alle Zelte hatten genau die gleiche Größe, Farbe und Form, und alle hatten die gleiche Ausrichtung; an jeder Zeltspitze wehte ein weißer Wimpel. Nach getaner Arbeit beherrschte das neue Feldlager den gesamten Südosten. Um seine Außengrenzen verlief ein niedriger Lattenzaun, und an jeder Ecke stand ein Fahnenmast.

Isabella war natürlich entrüstet.

»Was für ein schrecklicher Anblick!«, sagte sie. »Eine Zumutung!«

»Hattest du dir das nicht genau so ausgemalt?«, fragte ich. »Ein riesiges Meer von Zelten, die sich im Wind blähen, darüber wehende Fahnen und flatternde Wimpel?«

»Diese Zelte blähen sich nicht«, gab sie zurück. »Der Stoff ist viel zu steif.«

Am Abend desselben Tages hatten wir uns alle unter Hartopps Vordach versammelt. Trotz seiner großzügigen Gastfreundschaft hatte unser Treffen den düsteren Beigeschmack einer geheimen Zusammenkunft. Thema war vor allem das gewaltsame Eindringen in den Südosten; doch Isabella sprach größere Zusammenhänge an.

»Das Feld braucht Vielfalt«, fuhr sie fort. »Wir wollen nicht reihenweise Zelte, die alle gleich aussehen: Wir wollen Festzelte, Orient-Zelte, Inuit-Zelte, Hindu-Zelte, festlich ausgeschmückte Zelte, ganz einfache Zelte. Wir wollen große Zelte mit Zinnen und fantasievollen Formen. Und vor allem wollen wir prächtige Farben: Türkis, Zinnoberrot, Purpurrot, Indigo und Safrangelb.«

»Das klingt eher nach Kirmes«, sagte Brigant. »Was ist denn falsch an Grün und Braun?«

»Viel zu eintönig«, sagte Isabella.

»Du hast die kegelförmigen Zelte vergessen«, sagte ich. »Die sind auch recht hübsch.«

Isabella wollte gerade etwas erwidern, als sie von einem durchdringenden Trompetenstoß unterbrochen wurde.

»Das ist schon zum dritten Mal heute«, sagte Hollis, nachdem wieder Stille eingekehrt war. »Sie geben wohl Signal für den Morgen, den Mittag und den Abend.«

»Die haben Nerven!«, kommentierte Isabella bissig. »Was gibt ihnen eigentlich das Recht, unseren Frieden zu stören?«

»Keine Ahnung«, sagte ich. »Aber wir werden uns daran gewöhnen müssen.«

»Wir könnten sie bitten, ein wenig leiser zu sein«, schlug Hartopp vor. »Das Problem ist nur, dass sie einen recht unnahbaren Eindruck machen.«

Darüber waren wir uns alle einig.

Julians Leute hatten sich seit ihrer Ankunft nicht die geringste Mühe gegeben, Kontakt mit uns aufzunehmen. Sie nahmen unsere Anwesenheit kaum wahr. Es sah fast so aus, als würden sie absichtlich auf Distanz gehen; und bald hatte dieses Verhalten Einfluss darauf, wie wir sie sahen. Hartopp war ein großzügiger und gutmütiger Mensch, doch selbst er zögerte, auf sie zuzugehen und ihre Bekanntschaft zu machen.

Julian selbst hatte sich bislang noch nicht blicken lassen; doch nahm ich an, er plane, in naher Zukunft zurückzukehren. Unterdessen verhielten sich seine Gefährten gegenüber ihren Nachbarn immer rücksichtsloser. In den nächsten Tagen nahmen sie äußerst störende Gewohnheiten auf. Jeden Tag verkündeten sie im Morgengrauen mit einem Trompetenstoß ihre Gegenwart, dann folgten Anwesenheitskontrolle, Übungsdrill und Generalinspektion – alles noch vor dem Frühstück und ohne Rücksicht auf jene, die vielleicht noch schliefen. Am Nachmittag wurde auf die gleiche rücksichtslose Art und Weise eine Parade abgehalten: Es war unmöglich, dem zu entkommen. Unsere idyllische Ruhe verblasste rasch zu einer fernen Erinnerung. Die Neuen hatten sich abgegrenzt, und folglich erhob sich allmählich zwischen dem Südosten und dem übrigen Feld eine unsichtbare Trennmauer. Die Möglichkeit, auf sie zuzugehen, und sei es nur für den Versuch, die gegenseitigen Beziehungen zu verbessern, wurde immer geringer.

Nach einer Woche schickten sie jedoch eine Nachricht. Sie hätten zu viel Milchpudding und seien bereit, ihn mit uns zu teilen, hieß es, wenn wir uns um zwölf Uhr mittags in ihrem Camp einfänden.

Wir sollten lediglich unsere eigenen Löffel und Teller mitbringen.

Der Bote hieß Eamont. Er war von niedrigem gesellschaftlichen Rang und besaß weder Einfluss noch Autorität. Man hatte ihn erst vor Kurzem zum Boten ernannt, wegen seiner Handschrift, die zwar nicht makellos, aber dennoch recht gut lesbar war. Seine Stellung verhalf ihm zu bestimmten Privilegien, und er schätzte sich glücklich, doch besaß er weder Einfluss noch Autorität. Überhaupt keine. Er erzählte mir das alles, als wir draußen vor dem Küchenzelt warteten. Er hatte mir das alles schon einige Male erzählt, es aber offenbar vergessen. Es war nunmehr mein vierter Besuch im Feldlager; ich war früher erschienen, um nachzufragen, ob ich mit Aldebaran ein heikles Thema besprechen könne. Eamont sagte, er wolle sehen, was er für mich tun könne, aber er könne nichts versprechen (er hatte weder Einfluss noch Autorität).

»Übrigens ist das hier kein Küchenzelt«, fügte er an, »sondern eine Feldküche.«

»Oh, tut mir leid«, sagte ich. »Das war mir nicht bewusst.«

»Kein Grund, sich zu entschuldigen«, sagte er. »Ich wollte das nur richtigstellen. Wir legen großen Wert auf derlei Details.«

»Verstanden.«

Ein durchdringender Trompetenstoß kündigte die Mittagszeit an. Ich bedankte mich bei Eamont und ging ins Zelt, um mir meine tägliche Ration abzuholen. Die Köche begrüßten mich mit einem Kopfnicken, und ich sah, dass mein Löffel und Teller bereits auf meinem angestammten Tisch bereitlagen. Ich war dabei, mich an den ausgezeichneten Service der Feldküche zu gewöhnen; doch hatte ich den Eindruck, dass es nicht länger so weitergehen würde: Bestimmt hatte sich mittlerweile der Überschuss an Milchpudding reduziert. Überdies war es unwahrscheinlich, dass die Köche ihren Fehler wiederholten; und somit bot sich mir heute vielleicht die letzte Gelegenheit, mit Aldebaran zu reden.

Es verstrich eine Viertelstunde, und er war noch immer nicht erschienen. Ich aß meinen Pudding auf; die Köche räumten Teller und Löffel ab und gaben mir beides kurz darauf zurück, und zwar blitzblank. Damit hatte ich die Bestätigung, dass heute mein letzter Besuch in der Feldküche stattgefunden hatte. Ich wartete noch ein wenig länger. Andere Mittagsgäste kamen und gingen, doch Aldebaran war nicht darunter. Ich hatte schon jede Hoffnung aufgegeben, als mit einem Mal die Eingangsplane zurückgeschlagen wurde und er hereinrauschte. Als er mich am Tisch sitzen sah, kam er sofort zu mir.

»Alles in Ordnung«, fragte er. »Ist der Pudding süß genug?«

»Ja, vielen Dank«, antwortete ich. »Sehr gut.«

Er sah mich fragend an. »Wolltest du noch etwas?«

»Ja«, sagte ich. »Es geht um die Trompete.«

»Ach ja?«

»Manche Leute auf dem Feld finden sie recht laut.«

»Welche Leute?«

»Isabella zum Beispiel. Und auch noch ein, zwei andere, aber vor allem Isabella.«

»Die Frau aus dem roten Zelt?«

»Ja.«

Während unserer Unterhaltung stand Aldebaran hinter mir und blickte von oben auf mich herab. Dann setzte er sich mir gegenüber. Ich sah, dass seine Stirn nun tief gerunzelt war.

»Wir haben uns gefragt«, sagte ich, »ob man die Trompete nicht irgendwie dämpfen könnte.«

Er dachte kurz über diese Bitte nach.

»Das würde sie beruhigen, nicht wahr?«, fragte er schließlich.

»Es wäre sicher hilfreich«, antwortete ich.

Wieder schwiegen wir beide, und mir war klar, dass Aldebaran noch etwas auf der Seele lag.

Schließlich sagte er ohne Umschweife: »Ich nehme an, sie beabsichtigt, weiterhin im Fluss zu schwimmen.«

»Keine Ahnung«, entgegnete ich. »Es ist ihre Sache.«

»Ja, das stimmt wohl«, sagte Aldebaran. »Dennoch würde es uns helfen, wenn wir es sicher wüssten.«

»Ach ja?«

»Aus unserer Sicht ist es ziemlich wichtig.«

»Na ja, sie ist seit ihrer Ankunft jeden Tag schwimmen gegangen«, sagte ich. »Darum kann ich mir nicht vorstellen, dass sie jetzt ihre Gewohnheiten ändert.«

»Verstehe.«

Wir saßen noch einige Minuten schweigend voreinander, während Aldebaran irgendetwas überlegte. Dann hellte sich seine Stimmung mit einem Mal auf.

»Könntest du dir vorstellen, dass sie vielleicht das Camp besichtigen möchte?«, fragte er.

»Auch das weiß ich nicht«, sagte ich. »Ich kann wirklich nicht für Isabella antworten.«

»Im Augenblick ist alles auf Hochglanz.«

»Daran zweifle ich nicht. Aber ich fürchte, du musst sie selbst fragen.«

»Einverstanden«, sagte Aldebaran und gab sich offenbar geschlagen. »Und was hältst du davon?«

»Von einer Besichtigung des Camps?«

»Selbstverständlich«, sagte er. »Du bist Ehrengast, du hast von unserem Milchpudding gegessen.«

»Gut«, antwortete ich. »Danke.«

»Na, dann komm. Wir können sofort anfangen.«

Als wir uns von unseren Sitzplätzen erhoben, kam ihm ein weiterer Gedanke.

»Übrigens«, sagte er, »handelt es sich nicht um eine Trompete, sondern um ein Horn.«

»Oh, tut mir leid«, sagte ich. »Das war mir nicht bewusst.«

»Kein Grund, sich zu entschuldigen«, sagte er. »Ich wollte das nur richtigstellen. Wir legen großen Wert auf derlei Details.«

»Verstanden.«

Wir beide traten aus dem Zelt, und die Führung begann. Aldebaran durchschritt energisch das Camp und erläuterte Einzelheiten, während ich hinter ihm herzuckelte. Natürlich hatte ich viele der Zelte bei anderen Gelegenheiten bereits im Vorübergehen gesehen, doch jetzt war ich verpflichtet, jedes Detail in Augenschein zu nehmen. Hauptmerkmale dieser Zelte waren ihre Robustheit und die generelle Zweckmäßigkeit, und sie dienten offenbar einem wichtigen Ziel. Optisch fehlten ihnen jedoch Gefälligkeit und Eleganz, und somit hatte ich bald Mühe, aufmerksam zu bleiben. Wir schritten die schnurgeraden Zeltreihen ab, und mir kam der Gedanke, dass Hartopp die Besichtigung viel interessanter gefunden hätte als ich. Ich war sicher, die strikten geometrischen Formen hätten ihn beeindruckt, ganz zu schweigen von dem festen Zeltstoff, der hier zum Einsatz kam. Bedauerlicherweise weigerte Hartopp sich noch immer, das weit gestreckte Feldlager zu betreten, obwohl ich ihm versicherte, dass die Neuen gar nicht so übel seien wie anfänglich angenommen. Mehrmals hatte ich ihn gedrängt, doch mitzukommen und den Milchpudding zu probieren, den ich ihm sehr empfahl; doch vergeblich. Hartopp wollte von all dem nichts wissen. In den letzten Tagen hatten Brigant und die anderen eine ähnliche Kompromisslosigkeit gezeigt; daher war ich der Einzige, der an Aldebarans Führung teilnahm.

Schließlich erreichten wir den Durchgang zwischen den Kommandozelten und ihren kleineren Ausgaben, und mir fiel ein, wie wir ihn im Scherz genannt hatten, als das Lager errichtet wurde.

»Für uns ist das hier die ›Hauptstraße‹«, sagte ich.

»Für uns auch«, erwiderte Aldebaran.

Die Tour endete dort, wo sie begonnen hatte, vor der

Feldküche. Wir blieben am Eingang stehen; ich hatte meinen Löffel und Teller auf dem Tisch zurückgelassen, um sie mitzunehmen, wenn ich wegginge. Es war nun Nachmittag. Überall entlang der sogenannten Hauptstraße flatterten Fahnen im Wind, und ich verharrte eine Weile, um den Anblick zu bewundern.

»Ich sehe, ihr habt die Fahnen verändert«, sagte ich schließlich.

Aldebaran folgte meinem Blick, entgegnete aber nichts.

»Als Julian hier war, prangte der Buchstabe J darauf«, merkte ich an. »Jetzt sind sie schlicht weiß.«

Aldebaran sagte noch immer nichts. Da mich sein Schweigen etwas verwirrte, warf ich ihm einen Blick zu und bemerkte, dass er den Wimpel, der ihm am nächsten hing, eingehend musterte, als sähe er ihn zum ersten Mal. Als er endlich das Wort ergriff, war sein Tonfall ernst.

»Niemand mochte Julian«, sagte er. »Wir haben ihn beseitigt.«

Ich wusste nicht, wie ich auf diese Mitteilung reagieren sollte. Ich war Julian nur ein einziges Mal begegnet; wir waren uns zwar nicht außerordentlich sympathisch gewesen, aber auf mich hatte er dennoch einen sehr fähigen Eindruck gemacht; und die Vorstellung, dass man ihn »beseitigt« hatte, verstörte mich. Ich fragte mich im Stillen, ob es hier Sitte war, Leute, die man nicht mochte, beiseitezuschaffen; doch dann kam ich zu dem Schluss, es sei wohl am besten, die Angelegenheit auf sich beruhen zu lassen. Stattdessen nickte ich nur, als sei das etwas ganz Alltägliches, dankte Aldebaran für die Führung und machte mich auf den Heimweg. Erst als ich quer über das Feld zu meinem Zelt gelaufen war, fiel mir auf, dass ich meinen Löffel und meinen Teller vergessen hatte. Weil sich unterdessen das gesamte Feldlager zur Nachmittagsparade eingefunden hatte, nahm ich mir vor, die beiden Gegenstände zu einem späteren Zeitpunkt abzuholen.

Am nächsten Morgen spitzte ich die Ohren, ob das Horn zu hören war, und hoffte, man sei meiner Bitte gefolgt und habe den Ton gedämpft. Es war eine sternenlose Nacht gewesen, und bei Morgengrauen wollte sich die Sonne durch die Wolkendecke kämpfen, doch vergeblich. Ich wartete fast eine halbe Stunde und hörte nichts: Der Himmel verfärbte sich rot, und noch immer war kein Horn zu hören. Daraus schloss ich, dass ich mit meiner Mission erfolgreicher gewesen war, als ich zu hoffen gewagt hatte. Aldebaran hatte meine Bitte erhört und das Hornsignal abgeschafft.

»Hmm«, dachte ich bei mir. »Isabella wird sich freuen.«

Einige Zeit später erschien sie zu ihrem täglichen Schwimmen, dann kam sie an Land, um sich abzutrocknen und anzuziehen. Ich hatte damit gerechnet, dass Eamont nach einer Höflichkeitspause an ihrem Zelt erscheinen und ihr eine Einladung zur Besichtigung des Camps überbringen würde. Zu meiner Verwunderung ließ er sich aber nicht blicken; und bald fand ich auch den Grund heraus. Gegen Mittag war am jenseitigen Ufer ein weiterer Tross aus Gepäck und Nachschub aufgetaucht, dazu unzählige Männer in gelbbraunen Tuniken. Auch einige Frauen waren darunter. Sofort begann im gesamten Südosten hektische Betriebsamkeit, und

Horden von Menschen liefen kreuz und quer. Eamont war sicher viel zu beschäftigt, um Isabella eine Einladung zu überbringen. Inmitten des Nachschubs bemerkte ich ein sperriges Ungetüm, das von immerhin vier Männern durch den Fluss getragen wurde. Ich konnte nicht sagen, was es war, denn es war in eine Plane gewickelt; und außerdem verlor ich die vier Träger in der wuselnden Menschenmenge bald aus dem Blick.

Die meisten Gepäckstücke erwiesen sich als Zelte. Diese wurden rasch ausgebreitet und unter den aufmerksamen Blicken eines Landvermessers, eines Quartiermeisters und eines Bauinspektors aufgestellt. Dieses Trio war mir bei meinen Besuchen im Feldlager des Öfteren aufgefallen, und ich nahm an, sie vertraten Aldebaran. Soweit ich beobachten konnte, erbrachten sie stets außerordentlich gute Leistungen. Noch vor dem Abend war eine neue Zeltreihe entstanden, und die Grenzen des Feldlagers wurden erweitert.

Am frühen Abend stattete ich Hen einen Besuch ab. Hen war von den Veränderungen im Südosten am wenigsten betroffen, und ich freute mich auf eine gut gelaunte Unterhaltung mit jemandem, der nicht ständig über die Neuen jammerte. Was das anging, wurde mein Wunsch erfüllt: Hen schien die Erweiterung des Camps nichts auszumachen. Ich war jedoch über seine Reaktion verblüfft, als ich ihm erzählte, was mit Julian geschehen war. Ich wiederholte, was Aldebaran mir berichtet hatte, und als ich fertig war, runzelte Hen die Stirn.

»Ich hätte erwartet«, sagte er, »dass du dir eher Gedanken über Thomas machst als über Julian.«

»Ach ja, Thomas«, sagte ich. »Ich hatte ihn schon ganz vergessen.«

»Vergessen?«, sagte Hen völlig verwundert. »Aber er ist doch einer von uns.«

»Oh, da bin ich mir nicht sicher«, sagte ich.

»Aber natürlich«, erklärte Hen. »Er war einer der Ersten hier.«

Ich sah Hen an, als traute ich meinen Ohren nicht. Mir fiel auf, dass er Thomas gegenüber überraschend loyal war, vor allem, wenn man ihre konkurrierenden Ansprüche aus vergangenen Tagen bedachte. Seine Wahrnehmung hatte sich ganz offenbar verändert. Im selben Augenblick wurde mir klar, wie sehr ich mich an das Große Feld selbst und weniger an eine bestimmte Person (und insbesondere nicht an Thomas) gebunden fühlte. Doch da ich mich mit Hen nicht anlegen wollte, zuckte ich nur die Achseln und schwieg.

»Nach allem, was wir wissen, könnte Thomas in allerlei Schwierigkeiten stecken«, fuhr Hen fort. »Er ist zusammen mit Julians Leuten weggegangen, anscheinend aus freien Stücken. Doch ganz offenbar haben sich die Umstände geändert.«

»Ja«, gestand ich zu. »Vermutlich.«

»Vielleicht könntest du mehr herausfinden.«

»Ich? Wie soll ich das anstellen?«

»Du hast dich doch mit denen angefreundet, oder?«, erwiderte Hen. »Du weißt, wer da das Sagen hat.«

»Ja, das ist Aldebaran«, sagte ich. »Aber er erzählt mir nie irgendwas. Meistens fragt er mich nur über Isabella aus.«

»Und du antwortest?«

»Ja, meistens.«

»Eine Hand wäscht die andere.«

»Nein, da liegst du falsch«, sagte ich. »Ich nehme lediglich ihre Gastfreundschaft an: Ich mag ihren Milchpudding.«

Hen schüttelte nachdenklich den Kopf.

»Na ja«, sagte er. »Wir werden sehen.«

Beunruhigt über Hens Kommentare, kehrte ich zu meinem Zelt zurück. Mir dämmerte, dass meine reichlich bemessenen Portionen Milchpudding vielleicht ihren Preis hatten. Ich hätte es wissen müssen. Im Feldlager ein »Ehrengast« zu sein, war eine Sache, von meinen Gefährten geächtet zu werden, eine andere. Ich beschloss, in Zukunft vorsichtig zu sein, wohin ich ging und wem ich was sagte.

Die Neuen, so stellte sich heraus, schenkten Isabella mehr Aufmerksamkeit als uns allen anderen zusammen. Einige Tage später erhielt sie Besuch von Eamont. Obwohl ich das Geschehen aus einiger Entfernung beobachtete, sah ich, dass er ziemlich gehetzt war. Er überbrachte eine Nachricht, in der man Isabella mitteilte, dass ein Kommandozelt allein für ihren persönlichen Gebrauch errichtet worden sei. Darin befänden sich eine kupferne Wanne und reichlich heißes Wasser. Ebenso habe man eine Auswahl verschiedener Seifen und frische Handtücher bereitgelegt, und einige Mägde stünden rund um die Uhr zu Diensten. Ob sie bitte dieses Angebot großzügigerweise unverzüglich annehmen wolle.

Natürlich kehrte Eamont tief enttäuscht zum Feldlager zurück. Seine Vorgesetzten hatten alles getan, um Isabellas Gunst zu gewinnen; doch trotz ihrer Schmeicheleien blieb sie bei ihrer Gewohnheit, nackt im Fluss zu baden. Ich hätte ihnen gleich sagen können, dass alle Bemühungen vergebens sein würden; aber mich hatten sie ja nicht gefragt.

Unterdessen wurde das Wetter immer schlechter. Auf dem ganzen Feld flatterten die Fahnen und Wimpel waagerecht im Wind. Ganz sicher würde es bald regnen. Hartopp rüstete sich drüben im Nordosten für die herannahenden Regengüsse, indem er die Zeltplanen straffte und die Bespannung fester zurrte. Und Brigant erhöhte seinen Schutz mit einer Plane aus Öltuch.

Mittlerweile hatten wir alle erfahren, dass Isabella die Einladung abgelehnt hatte. Brigant und ich unterhielten uns eines Nachmittags darüber, als der Himmel sich verfinsterte.

»Sehr verlockend«, sagte ich. »Reichlich heißes Wasser, Mägde, frische Handtücher.«

»Eher dekadent«, kommentierte Brigant.

»Um ganz ehrlich zu sein, ich würde ein heißes Bad nicht verachten.«

»Kann schon sein«, sagte er. »Aber sie versuchen, Isabella gefügig zu machen, nicht dich.«

»Das ist mir vollkommen klar«, antwortete ich. »Trotzdem schade, dass die Wanne ungenutzt bleibt, vor allem, da das Wetter sich gerade verschlechtert.«

»Warum?«, fragte Brigant. »Ist dir das Leben auf dem Feld zu hart?«

»Nein.«

»Dann hör auf, dich wie ein Weichei aufzuführen.«

Es war nicht das erste Mal, dass Brigant sich so ausdrückte. Das verweichlichte Leben – so nannte er es – ging ihm zunehmend auf die Nerven. Auch Gebrechlichkeit und Dekadenz gehörten dazu, doch wetterte er vor allem gegen Weichlichkeit (und übersah dabei, dass er einst selbst recht weichlich war). Alles entsprang seiner Teilung des Feldes in oben und unten. Sie war völlig beliebig und frei erfunden, doch Brigant hielt hartnäckig an seiner Überzeugung fest. In den letzten Wochen hatte er seine Theorie weiterentwickelt und war zu dem Schluss gekommen, das Leben werde härter, je weiter oben auf dem Feld man lebe; als gäbe es eine Art Skala. Ich persönlich konnte keine Unterschiede erkennen: Wir alle waren demselben Wetter, denselben wechselnden Jahreszeiten und so weiter ausgesetzt. Überdies war das Gefälle, wie bereits an anderer Stelle erwähnt, sehr gering; es war eigentlich kaum wahrzunehmen, im schlimmsten Fall war es etwas lästig. Und doch blieb Brigant bei seinem Urteil, das Leben im oberen Teil sei härter.

Schon bald wurde seine Theorie auf die Probe gestellt. Nach einem weiteren Tag mit dräuenden Wolken und auffrischendem Wind kam der Regen. Es goss heftig und unablässig eine ganze Woche lang; derweil konnten wir unsere Zelte nicht verlassen. Und es gab nichts weiter zu tun, als geduldig auf das Ende des Niederschlags zu warten. Es war eine trostlose Zeit. Stundenlang lauschte ich dem Regen, der auf mein Zeltdach trommelte. Als ich durch den Eingang nach draußen spähte, war das ganze Feldlager im Südosten ein verschwommenes Einerlei aus tropfnassem Zeltstoff; nichts rührte sich; auf den Wegen standen Pfützen; und die unzähligen Fahnen und Wimpel hingen schlaff und nass herab. Auch in Hartopps eckigem Zelt drüben im Nordosten war kein Lebenszeichen zu erkennen, obgleich er sich in den Schutz seiner Planen zurückgezogen hatte, sicher eifrig deren Wetterbeständigkeit analysierte und die Ergebnisse für die Zukunft aufschrieb. Brigant hockte derweil unter seiner Ölplane und starrte düster in Wind und Regen hinaus.

Schließlich schweifte mein Blick weit hinüber nach Osten zu Isabellas Zelt. Ich war bislang noch nicht eingeladen worden, seine mit Quasten geschmückte Schwelle zu überschreiten; doch vermutlich war es innen trocken, warm und gemütlich. Ich wusste, dass es mit einem Teppich und vielen Samtkissen ausgestattet war: Ich hatte Isabella am Tag ihrer Ankunft beobachtet, als sie für diese Sachen sorgsam den richtigen Platz suchte. Es gab auch ein Federbett. Das war aber schon alles, was ich wusste. Sie hatte ihr Zelt gen Westen aufgestellt, sodass sie am Ende eines jeden Tages die untergehende Sonne im Blick hatte. Daraus ergab sich, dass das Zelt genau in meinem Sichtfeld lag. Ich hatte es unzählige Male gesehen und konnte es mir mit geschlossenen Augen vorstellen. Ich hatte stets freie Sicht auf Isabellas Zelteingang, doch sie selbst blieb unnahbar. Sie hatte von Anfang an klargestellt, dass sie das Alleinsein vorzog; sie war unabhängig und geradeheraus; außerdem war sie, wie ihre Verehrer unterdessen herausgefunden hatten, schwer zufriedenzustellen. Trotzdem blieb ich hoffnungsvoll. Isabellas Zelt war außen leuchtend rot, mitunter flammend rot, doch stellte ich mir gerne vor, es sei mit goldenem Tuch ausgekleidet.

Als es endlich zu regnen aufhörte, ging ich hinaus; der Boden unter meinen Füßen war durchweicht. Ein, zwei Tage waren das Kommen und Gehen recht unangenehm. Das Problem betraf vor allem den Südosten. Kaum hatten sich die Wolken verzogen, sah ich Aldebaran und seine Untergebenen das Feldlager abschreiten, prüfend stocherten sie in der Wiese herum und nahmen die allgemeine Lage in Augenschein. Später sah ich einige der Männer zwischen den Zelten Gräben ziehen. Offenbar stand das Gebiet unter Wasser, und sie waren dabei, entsprechende Gegenmaßnahmen durchzuführen.

Seit ihrer Ankunft hatten die Neuen sich nur selten jenseits ihrer selbst auferlegten Grenzen gewagt, was man zu ihren Gunsten auslegen musste. Aus irgendeinem Grund interessierten sie sich nur für ihre eigene Ecke; das übrige Feld betraten sie nicht. Daher wurde ich neugierig, als ich den Landvermesser und einen Gehilfen im Osten am Flussufer entlanggehen sah. Der Gehilfe trug eine große Spule mit Schnur, einen Holzhammer und Holzpflöcke. Ich sah, dass Isabella die beiden beäugte, als sie in einiger Entfernung an ihrem roten Zelt vorbeigingen; aber die beiden setzten ihren Weg fort und nickten ihr nur höflich zu. Unterdessen, so sah ich, machte der Landvermesser bedächtige Schritte, als wolle er eine bestimmte Entfernung abmessen. Schließlich blieben die beiden stehen. Der Gehilfe schlug einen Pflock in die Erde und befestigte daran die Schnur. Als Nächstes zog der Landvermesser einen Gegenstand aus seiner Jackentasche und betrachtete ihn eingehend. Es war ein Kompass, wie sich herausstellte; daraufhin schickte der Landvermesser seinen Gehilfen mit der Schnur, dem Holzhammer und einem Pflock in Richtung Westen. Als er über das Feld ging, spulte sich die Schnur ab. Meiner Meinung nach kam er dabei Brigants Zelt unnötig nahe (auf beiden Seiten war schließlich reichlich Platz), aber er marschierte einfach weiter. Zum Glück war Brigant gerade woanders. Als das Ende der Schnur erreicht war, blieb der Gehilfe stehen und wartete. Er war noch nicht ganz bei Hen im äußersten Westen angelangt, doch anscheinend war er weit genug vorgedrungen, um den Landvermesser zufriedenzustellen. Auf ein Signal hin schlug er den zweiten Pflock in den Boden und straffte die Schnur. Sie blieb an Brigants Zelt hängen. Der Landvermesser schlenkerte sie an seinem Ende kurz auf und ab, um sie gerade zu ziehen; doch wieder blieb die Schnur hängen. Unverdrossen befestigte der Gehilfe die Schnur am Pflock und gesellte sich wieder zu dem Landvermesser. Nach einem kurzen Wortwechsel gingen die beiden am Fluss entlang zurück ins Feldlager.

Sobald sie außer Sicht waren, machte ich mich auf den Weg, um das Ganze in Augenschein zu nehmen. Die Schnur war ziemlich stramm gespannt und rieb an Brigants Zeltstoff. Ganz offensichtlich hatte man zwischen den beiden Pflöcken eine Gerade ziehen wollen, und das Zelt stand im Weg.

»Was ist hier los?«, fragte eine Stimme neben mir. Es war Brigant. Er kehrte gerade von einem Besuch bei

Hartopp zurück. Ich erzählte ihm von dem Landvermesser und dessen Gehilfen.

»Hätten die mich nicht erst fragen können, bevor sie anfangen?«, meinte er.

»Du warst nicht da«, antwortete ich. »Vielleicht haben sie beschlossen, die Sache bis morgen ruhen zu lassen und dich dann zu fragen.«

»Ja, vielleicht«, sagte Brigant, aber er klang nicht überzeugt.

Wir diskutierten noch immer, als Isabella sich zu uns gesellte. Sie hatte die Sache mit der Schnur beobachtet und war natürlich entrüstet.

»Marschier in ihr Feldlager«, forderte sie Brigant auf, »und verlange, dass sie auf der Stelle diese Schnur entfernen.«

»Dazu habe ich keine Lust«, sagte er. »Wahrscheinlich ist es einfacher, mein Zelt woanders aufzubauen.«

»Das darfst du nicht!«, sagte Isabella. »Du würdest ihnen nachgeben.«

»Das ist mir völlig egal«, sagte Brigant seufzend. »Ich will nur meine Ruhe. Außerdem denke ich schon seit Längerem darüber nach, weiter in den Norden des Feldes zu ziehen. Da ist es interessanter.«

Trotz Isabellas Einwände blieb Brigant bei seinem Entschluss, und so ging ich später zu ihm hinüber und half ihm, das Zelt abzubauen. Er hatte sich eine Stelle etwas weiter nördlich ausgesucht, wo wir alles hinschafften.

»Es wird ein Vergnügen sein, diese Trompete nicht mehr hören zu müssen«, bemerkte er nach verrichteter Arbeit.

Ich war drauf und dran, Brigant in zwei Punkten zu korrigieren, entschied mich aber dagegen und enthielt mich jeden Kommentars.

Die anstößige Schnur zog sich jetzt in einer perfekten Geraden über das Feld. Am nächsten Morgen kehrten der Landvermesser und sein Gehilfe für eine kurze Begutachtung zurück, nickten zustimmend und gingen wieder.

Gegen Mittag, wenn normalerweise in der Feldküche der Milchpudding ausgegeben wurde, verließ ein kleiner Trupp von Männern das Feldlager; sie folgten dem Fluss bis zu der Stelle, wo die Schnur anfing. Sie hatten Spaten, Spitzhacken und Schaufeln dabei und boten einen wunderlichen Anblick: Trotz ihrer vielen Gerätschaften sahen diese Gestalten nicht wie Arbeiter aus. Sie schlurften lustlos einher und hatten offenbar keine Eile, mit ihrer wie auch immer gearteten Aufgabe zu beginnen. In dieser Hinsicht unterschieden sie sich von den anderen Männern des Feldlagers: Die Mehrheit erledigte ihre Pflichten gewissenhaft und zügig. Diese Leute hingegen wussten kaum, wo sie anfangen sollten. Sie standen herum und begafften Pflock und Schnur, als sähen sie diese Gegenstände zum ersten Mal; dann drehten sie sich um und blickten hilflos nach Westen. Irgendwann stocherte einer mit seinem Spaten in der Erde, aber es kam so wenig dabei herum, dass er bald aufgab. Ein anderer nahm eine Spitzhacke zur Hand, aber auch er richtete nichts aus. Es war eine Qual, ihnen bei ihren Versuchen zuzusehen; und so spazierte ich nach einer Weile wie zufällig über das Feld in ihre Richtung, achtete aber darauf, ihnen nicht zu nahe zu kommen. Eigentlich wollte ich mit den Neuen nichts mehr zu tun haben; doch andererseits interessierte mich, was sie vorhatten. Es könne nicht schaden, so überlegte ich, mir einmal die Sache genauer anzusehen.

Doch als ich in die Nähe der Arbeiter kam, erschrak ich. Ich erkannte sofort die Köche aus der Feldküche: genau die Männer, die bis vor Kurzem meinen Milchpudding zubereitet hatten. Unter ihnen war auch der Koch, der mich bei meinem ersten Besuch im Lager bedient hatte.

Er hieß Yadegarian und hatte mir die verschiedenen Puddingsorten erklärt, die im Angebot waren. Sein Rat war mir sehr hilfreich gewesen, erinnerte ich mich. Seine Kollegen hatte ich an den folgenden Tagen kennengelernt, und sie hatten einen sympathischen Eindruck auf mich gemacht. Es entging mir nicht, wie niedergeschlagen sie heute wirkten. Als sie mich näher kommen sahen, stellten sie ihre sinnlosen Bemühungen ein und schauten mich teilnahmslos an.

»Hallo«, sagte ich. »Was macht ihr denn hier?«

»Wir sollen einen Graben ausheben«, erklärte Yadegarian. »Aber für so eine Arbeit sind wir wirklich nicht geschaffen.«

»Und warum hat man euch dann dafür eingeteilt?«

Statt einer Antwort senkten er und die anderen Köche die Köpfe, als schämten sie sich für etwas.

»Steckt ihr in Schwierigkeiten?«, fragte ich.

Sie warfen einander rasche Blicke zu, dann antwortete Yadegarian.

»Ja, genau.«

»Warum?«

»Weil wir zu wenig Milchpudding gekocht haben. Wir hatten die Zutaten falsch bemessen.«

»Nicht schon wieder!«

»Leider doch.«

»Und das ist jetzt eure Strafe?«

»Ja.«

»Du liebe Güte«, sagte ich. »Was ist denn das für ein Regime?«

Die Köche äußerten keine Meinung. Sie standen nur bedrückt und schweigend da.

Ich atmete tief aus, als mein Blick gedankenvoll der straffen Schnur folgte, die sich in der Ferne verlor.

»Tja, es sieht so aus, als hättet ihr keine andere Wahl, als die Arbeit hinter euch zu bringen«, sagte ich.

»Aber wir wissen nicht, wie!«, protestierte Yadegarian. Er war sichtlich besorgt.

»Mach dir keine Gedanken«, erwiderte ich. »Ich kann euch ein paar Tipps geben.«

»Als da wären?«

»Ihr tragt zum Beispiel Sandalen. Die sind für schwere Arbeiten völlig ungeeignet. Es wäre besser, ihr hättet richtige Arbeitsstiefel.«

Ich zeigte auf mein eigenes Schuhwerk.

»Ich verstehe«, sagte Yadegarian, als dämmere ihm, wovon die Rede war. »Ich glaube, die können wir uns beim Quartiermeister besorgen.«

»Gut«, sagte ich. »Und so schnell wie möglich.«

»Wird gemacht.«

Ich winkte alle Köche zu mir heran, damit sie sehen konnten, worüber ich sprach.

»Als Nächstes«, fuhr ich fort, »müsst ihr die verschiedenen Geräte kennenlernen, die ihr zur Verfügung habt. Jedes hat eine bestimmte Funktion: Mit der Spitzhacke wird die Erde aufgelockert, mit dem Spaten gegraben und mit der Schaufel Erdreich ausgehoben. Das werdet ihr rasch kapieren, und dann zeige ich euch, wie man richtig damit umgeht.«

Damit die Arbeit endlich begann, nahm ich einen Spaten zur Hand und grub selbst ein erstes Loch. Es ging ziemlich gut voran, und schon bald hatte ich die Grundlage eines Grabens ausgehoben. An seinem Rand lag ein ordentlicher Erdhaufen.

»Na bitte!«, sagte ich. »Orientiert euch einfach an der Schnur, und am Ende sollte der Graben schön gerade sein.«

Natürlich konnte ich sie jetzt nicht sich selbst überlassen, zumindest nicht, bis sie es nicht selbst versucht hatten; und so sah ich ihnen zu, als sie zu Spaten, Schaufel und Spitzhacke griffen. Am Anfang mühten sie sich sehr, doch dank meiner fortwährenden Aufmunterung entwickelten sie allmählich eine annehmbare Arbeitsleistung. Dennoch wurde klar, dass das Ausheben eines Grabens kein leichtes Unterfangen war. Meiner Schätzung nach würden die Arbeiten vier, fünf Tage in Anspruch nehmen. Ich ging davon aus, dass die Köche während dieser Zeit von ihren Küchenpflichten befreit waren. Doch als ich nachfragte, schüttelten sie den Kopf.

»In der Küche fällt für uns nach wie vor die gleiche

Arbeit an«, erklärte Yadegarian. »Wir müssen extra früh aufstehen, um alles zu erledigen.«

»Wie früh?«

»Na ja, heute Morgen haben wir schon vor dem Morgengrauen Kekse gebacken.«

»Ach ja?«, sagte ich. »Ich mag Kekse.«

»Sie sind unsere Spezialität«, sagte Yadegarian.

»Nicht der Milchpudding?«

»Nein.«

Ich erwähnte auch, dass Hartopp ein eifriger Befürworter von Keksen sei und stets einen großen Vorrat habe; doch Yadegarian schien von der gegenwärtigen Aufgabe zu sehr in Anspruch genommen, um die Information aufzunehmen. Er stand sehr unter Druck, das war offensichtlich.

Selbstredend war es mir peinlich, dass ich hier tatenlos herumstand, während die Köche rund um die Uhr arbeiteten. Und so beschloss ich, ihnen zur Seite zu springen und bei der Fertigstellung des Grabens zu helfen. Ich griff zu einer Schaufel; dann legte ich los und schuftete bis zum späten Nachmittag. Das Team war nun um einen Mann verstärkt, und wir kamen ausgezeichnet voran – obwohl die Köche allmählich schlappmachten, als der Abend nahte. Bei Einbruch der Dämmerung schlug ich vor, die Arbeit zu unterbrechen; sie dankten mir für meine Hilfe und machten sich auf den Weg zurück ins Feldlager. Der Graben begann, Form anzunehmen. Und als ich unser Werk begutachtete, fiel mir plötzlich auf, dass weder Hartopp noch Brigant noch sonst jemand gekommen war, um sich die Sache anzusehen. Jetzt war es natürlich zu spät, weil es schon fast dunkel war; aber es erstaunte mich, dass niemand Interesse an dem Projekt gezeigt hatte. Ja, wenn ich es recht bedachte, fielen sie mir alle nur durch ihre Abwesenheit auf, und ich fragte mich, was wohl der Grund dafür sein mochte.

Am Abend des dritten Tages erhielt ich Besuch von Aldebaran. Ich räumte gerade nach getaner Arbeit auf, als ich ihn aus dem Südosten herankommen sah, ganz offensichtlich, um den Graben zu begutachten. Ich freute mich, ihn zu sehen. Wir hatten die Arbeit zu drei Viertel erledigt, und ich freute mich darauf, ihm unser Werk zu zeigen. Unser Graben war tief, breit und schnurgerade, alles wie vom Landvermesser geplant. Ich war in der Tat so zufrieden mit den Köchen, dass ich sie ein wenig früher als sonst nach Hause geschickt hatte. Ich fand, sie hatten sich ein bisschen Freizeit verdient, insbesondere da es am Nachmittag so warm gewesen war. Das gute Wetter war endlich zurückgekehrt; und unter den trockenen Bedingungen hatten wir gute Fortschritte gemacht. Mit der hereinbrechenden Dämmerung schimmerte der Himmel rosa-silbrig. Am Horizont ging die Sonne unter, und Aldebarans herannahende Gestalt warf lange Schatten auf das Feld.

Am Graben angekommen, blieb er stehen und schaute hinein.

»Ausgezeichnet«, erklärte er. »Der sollte seinen Zweck gut erfüllen.«

»Noch zwei Tage, dann sind wir fertig«, sagte ich. »Vorausgesetzt, das Wetter spielt mit.«

»Wie ich sehe, hast du die Projektleitung übernommen.«

»Ja, genau«, bestätigte ich. »Sie arbeiten anscheinend viel besser, wenn sie direkte Anweisungen bekommen.«

»Stimmt.« Aldebaran überlegte einen Augenblick, dann sagte er: »Ein Jammer, dass wir dich nicht mit Milchpudding entlohnen können. Unglücklicherweise gab es einen Engpass in der Herstellung, und jetzt haben wir keinen mehr.«

»Ich weiß«, sagte ich. »Die Köche haben mir alles erzählt.«

Aldebaran sah mich an.

»Sie haben dir wohl was vorgejammert, oder?«, fragte er.

»Nein, im Gegenteil«, antwortete ich. »Sie sind mit ihrer Strafe gut zurechtgekommen.«

»Ach ja?«

»Sie haben sich zu anständigen Arbeitskräften entwickelt.«

»Dann stehen wir klar in deiner Schuld.«

»Keine Ursache«, sagte ich. »Freut mich, dass ich helfen konnte.«

Nach diesem freundlichen Wortwechsel begleitete ich Aldebaran, als er den Graben abschritt. Er schwieg einen Moment, dann fiel ihm noch etwas anderes ein.

»Übrigens«, sagte er, »es geht hier nicht um Strafe, sondern um Disziplin.«

»Oh, tut mir leid«, sagte ich. »Das war mir nicht bewusst.«

»Kein Grund, sich zu entschuldigen«, sagte er. »Ich

wollte das nur richtigstellen. Wir legen großen Wert auf derlei Details.«

»Verstanden.«

Nach beendeter Besichtigung murmelte Aldebaran Höflichkeitsfloskeln und ging davon. Ich betrachtete noch eine Weile den Sonnenuntergang und zog mich dann in mein vergleichsweise gemütliches Zelt zurück. In jener Nacht schlief ich gut wie in all den Nächten, seit ich mich an diesem Projekt beteiligte. Die Arbeit war eine Schinderei, aber auf ihre Weise auch befriedigend, und jetzt war das Ende in Sicht.

Beim Erdaushub war neben dem Graben eine Aufschüttung entstanden. Wir hatten sie gut in Form gebracht, die Erde von allen Seiten festgestampft, damit sie nicht auseinanderfiel, und mit Grassoden bedeckt. Der so entstandene Damm war beeindruckend, geradezu eine Sehenswürdigkeit; doch schon bald sollte er Gegenstand von Kontroversen werden.

Am vierten Tag schuftete ich nachmittags allein im mittleren Grabenabschnitt; ich wollte sicherstellen, dass er gerade verlief. Ich arbeitete aus verschiedenen Gründen von meinem Team getrennt, das weiter drüben im Westen beschäftigt war; doch auch aus der Entfernung schnappte ich hin und wieder Gesprächsfetzen auf. Ich hielt inne und lauschte. In den letzten Tagen hatte ich ihnen mehrmals erklärt, dass Reden bei der Arbeit der Produktivität nicht förderlich sei. Und doch wurde sofort geplaudert, sobald ich ihnen den Rücken kehrte. Ich wollte schon zu ihnen gehen, um sie zu verwarnen, als ich direkt über mir eine vertraute Stimme hörte. Ich sah auf und bemerkte Brigant, der am Rand des Grabens stand und hinabblickte.

»Ich nehme mal an, jetzt sind sie zufrieden, oder?«, sagte er.

»Wer?«, fragte ich.

»Diese Leute aus dem Feldlager.«

»Doch, schon«, sagte ich. »Das Ergebnis scheint ihnen zu gefallen.«

»Das glaube ich gerne«, sagte Brigant. »Sie müssen jubeln. Sie haben von Anfang an keinen Zweifel daran gelassen, dass sie uns ausschließen wollen. Und jetzt haben sie einen Wall errichtet, damit das auch ganz klar ist.«

Ich stützte mich auf meine Schaufel und sah ihn fassungslos an.

»Wie kommst du denn darauf?«, sagte ich. »Das hier ist doch kein Wall.«

»Was ist es dann?«, fragte Brigant.

»Das ist ein Entwässerungsgraben.«

In diesem Augenblick tauchte ein zweites Gesicht über mir auf. Es war Hartopp.

»Für mich sieht das wie ein Wall aus«, sagte er.

»Ich würde sogar noch weiter gehen«, erklärte Brigant, »und es als Bollwerk bezeichnen.«

»Unsinn«, sagte ich. »Das ist schlicht und einfach eine Drainage. Ihr wisst doch genau, wie nass der Boden im Südosten werden kann. Die letzten Regenfälle waren die schlimmsten seit Monaten. Ihre Zelte standen fast unter Wasser. Und darum haben sie beschlossen, Abhilfe zu schaffen.«

»Aber im oberen Teil des Feldes regnet es mehr«, sagte Brigant.

»Kann schon sein«, sagte ich. »Aber das ganze Wasser fließt nach Südosten ab. Deswegen wächst dort auch das Gras so grün und üppig.«

Hartopp spähte in den Graben hinein.

»Der ist doch völlig trocken«, sagte er. »Wer hat dir erzählt, dass das eine Drainage sein soll?«

»Eigentlich niemand«, sagte ich. »Aber es ist doch klar, dass es nichts anderes sein kann.«

Just in diesem Augenblick ging Yadegarian am Graben entlang. Als er uns drei im Gespräch sah, blieb er stehen.

»Alles in Ordnung?«, fragte er und musterte Hartopp und Brigant eindringlich.

Unvermittelt fiel mir ein, dass er den beiden niemals zuvor begegnet war und sie ihm ebenso wenig.

»Ja, alles in Ordnung«, sagte ich rasch. »Yadegarian, darf ich dir Hartopp und Brigant vorstellen? Brigant, Hartopp, das ist Yadegarian.«

Es folgte eine höfliche, wenn auch unbeholfene Begrüßung; dann gingen Hartopp und Brigant ein paar Schritte beiseite.

»Ich wollte dir nur mitteilen«, sagte Yadegarian, »dass wir das Ende der Schnur erreicht haben.«

»Ach, ausgezeichnet«, entgegnete ich. »Kein Buddeln mehr?«

»Wir müssen nur noch aufräumen«, sagte er. »Dann sind wir fertig.«

»Gut, ich komme gleich und schaue es mir an.«

Nachdem Yadegarian gegangen war, kletterte ich aus dem Graben und gesellte mich zu Hartopp und Brigant. Sie beäugten den Graben mit unverhohlenem Misstrauen; und bis zu einem gewissen Maße konnte ich ihre Verärgerung verstehen: Von diesem Standort aus machte das Ganze wirklich den Eindruck eines gewaltigen Walls. Zugleich fand ich jedoch, dass sie sich ein wenig uneinsichtig zeigten. Die Aufschüttung war eine unvermeidliche Konsequenz des Drainagenbaus, anders war das nicht zu machen: Das musste ihnen doch einleuchten. Was Brigants Behauptung anging, dass es in dem oberen Teil des Feldes mehr regne, na ja, ganz ehrlich – so etwas Absurdes hatte ich noch nie gehört. Regen war Regen, meiner Meinung nach, und bewirkte überall dasselbe; doch Brigant war da ganz anderer Meinung. Er glaubte wohl, harte Lebensbedingungen und Einschränkungen seien nur auf den Norden begrenzt und kämen im Süden, Osten und Westen nicht vor; seine Äußerungen zu diesem Thema wurden immer unverblümter, und offenbar hatte er nun Hartopp mit ähnlichem Unbehagen angesteckt: daher ihre einmütige Kritik am sogenannten Wall. Darüber hinaus stellte Brigant es so dar, als hätten ihn die Erdarbeiten gewaltsam vertrieben, wobei er doch in Wahrheit aus freien Stücken in den Norden abgewandert war. Er betrachtete den Wall ganz eindeutig als persönlichen Affront; und mir wurde klar, dass ich nicht in der Lage war, seine Meinung zu ändern.

Bevor wir auseinandergingen, feuerte er eine finale Breitseite. »Du kannst von Glück sagen, dass ihr nicht versucht habt, den Wall weiter nördlich zu bauen«, meinte er. »Da wäret ihr auf feuersteinhaltigen Boden gestoßen. Das hätte eurem Spielchen ein Ende bereitet.«

»Woher weißt du, was für ein Boden dort ist«, fragte ich. »Ich habe dich nie graben sehen.«

»Glaube mir«, sagte Brigant. »Ich weiß es.«

Hartopps Standpunkt war ebenso unnachgiebig. Ich hatte erwartet, dass er die Erdaufschüttung mit den Augen eines Ingenieurs betrachten würde: Schließlich war sie eine ziemliche Leistung und bot, so wie sie das Große Feld von West nach Ost durchzog, einen majestätischen Anblick. Außerdem war sie schnurgerade, was, so hatte ich gehofft, seiner Vorliebe für geometrische Formen entgegenkommen würde. Stattdessen sah er sie als einen groben Übergriff. Darin teilte er Brigants Ansicht: Ihrer Auffassung nach wurde ihnen ständig von Fremden, Neuen und Eindringlingen etwas aufgezwungen, und der Wall war lediglich das jüngste Beispiel dafür.

Ziemlich enttäuscht wandte ich mich von den beiden ab, damit sie ihre Wunden lecken konnten, und ging zurück zu meinen Arbeitskollegen. Ich hatte Yadegarian und die anderen etwas länger als beabsichtigt vernachlässigt und war umso erfreuter, als ich sah, dass sie mittlerweile die Arbeit zu einem Abschluss brachten. Hen stand in der Nähe. Auch er hatte den Aushub anfangs argwöhnisch verfolgt – er war davon ausgegangen, dass der Graben direkt auf seine Behausung zulaufen würde. Doch kaum hatte ich ihn vom Gegenteil überzeugt, hatte er unserer fortschreitenden Arbeit freundlich teilnahmslos zugesehen. Außerdem hatte er herausgefunden, dass die Köche seine Vorliebe für den Westen teilten. Das Tageslicht hatte dort eine gewisse Eigenheit, die sie an ihre weit entfernte Heimat erinnerte. Sie sprachen sogar davon, sich im Westen niederzulassen, wenn ihre Arbeitgeber es ihnen nur gestatten würden. Doch leider war das ausgeschlossen.

»Wir müssen machen, was man uns befiehlt«, sagte Yadegarian. »Morgen backen wir wieder Kekse.«

In einem Gespräch unter vier Augen meinte Hen zu mir, dass ihm die Befehlshaber des Lagers nicht wirklich zusagten. Seiner Ansicht nach werde den Köchen für einen Hungerlohn viel zu viel Arbeit aufgebürdet. Außerdem habe keinerlei öffentliche Anhörung stattgefunden, ehe der Graben in Auftrag gegeben wurde: Mit dem Projekt sei ohne jede Vorwarnung begonnen worden. Es stimme schon, sie hätten bisher keine Anstalten gemacht, in seinen Teil des Feldes vorzudringen; doch wer könne schon voraussagen, wie deren Zukunftspläne aussähen?

»Es war viel besser, als Thomas noch im Südosten war«, sagte Hen abschließend. »Er respektierte Grenzen.«

Nachdem die Köche letzte Hand angelegt hatten, bat ich sie, die eingesetzten Geräte zusammenzusammeln, um sie dem Quartiermeister zurückzubringen. Eine Kleinigkeit, die nicht mehr als ein paar Minuten in Anspruch nehmen würde. Während ich dastand und wartete, dachte ich über Hens Worte nach und kam zu dem Schluss, dass er kaum Anlass zur Besorgnis habe.

Es gab natürlich noch eine andere Person, die man nicht angehört hatte. Isabellas Zelt befand sich im Osten des Feldes, was bedeutete, dass sie von den Verbesserungen profitieren würde. Und doch hatte sie ein geradezu auffälliges Desinteresse für die Bauarbeiten an den Tag gelegt und ihre Zeit lieber damit verbracht, ungestört im Fluss zu schwimmen. Das war vollkommen verständlich:

Der Bau einer Drainage war alles andere als glamourös, und im Übrigen war mit dem Beginn der Arbeiten auch das schöne Wetter zurückgekehrt. Isabella hatte sich auf glorreiche Art und Weise für nichts interessiert, war dem ganzen Treiben ferngeblieben, und wir hatten sie tagelang kaum zu Gesicht bekommen. So war ich verdutzt, als sie mit einem Mal am unteren Ende des Walls auftauchte.

Sie sah so strahlend aus wie immer.

»Endlich fertig mit dem Graben?«, fragte sie.

»Ja«, sagte ich. »Arbeit beendet.«

»Gut«, sagte sie. »Und wann habt ihr vor, das Ganze wieder zuzuschütten?«

»Gar nicht.«

»Wie bitte?«

»Wir schütten den Graben nicht wieder zu.«

»Was?!« Isabellas Miene verfinsterte sich. »Das könnt ihr doch nicht so lassen!«

»Das ist doch ganz normal«, sagte ich. »Ein offener Graben ist höchst nützlich.«

»Aber du hast unsere schöne Wiese ruiniert!«

»Na ja, nicht ich persönlich.«

»Doch, du persönlich!«, fuhr sie mich an. »Du ganz allein bist dafür verantwortlich.«

»Aber ich habe doch nur mitgeholfen!«

»Nein, das stimmt nicht! Du hast das ganze Projekt an dich gerissen! Das war von Anfang an so – überall musst du deine Nase reinstecken! Seit diese Leute hier angekommen sind, hast du alles darangesetzt, ihnen die Drecksarbeit abzunehmen, egal, welches Chaos, egal, wie viel Schaden du damit anrichtest. Und du lässt dich dafür mit nichts abspeisen.«

Isabella hörte auf zu reden, ihre Augen funkelten mich mit unverhohlener Abneigung an.

»Nein, mit Milchpudding«, sagte ich.

Mit dieser Antwort wollte ich unsere Unterhaltung auflockern, doch mir wurde sofort klar, dass ich einen Fehler begangen hatte.

»Hüte dich, mir noch einmal unter die Augen zu kommen«, sagte sie, drehte sich auf dem Absatz um und stolzierte davon.

Ich sah ihr nach, als sie über das Feld lief und ihre Gestalt langsam kleiner wurde. Wie konnte ich bloß ihre Gunst wiedergewinnen? Noch schlimmer, die Köche hatten diese ganze Szene beobachtet. Sie hatten all ihre Geräte eingesammelt und warteten schweigend in der Nähe.

»Das tut mir leid«, sagte ich. »Sie ist nicht sehr glücklich über den Graben.«

»Das haben wir mitbekommen«, entgegnete Yadegarian.

»Habt ihr alles?«

»Fast alles«, sagte er. »Wir vermissen zwei Spaten.«

»Ach.«

»Wir haben schon überall gesucht, aber sie sind spurlos verschwunden.«

»Vielleicht tauchen sie in den nächsten Tagen wieder auf.«

»Ja, vielleicht.«

»Ich werde fleißig Ausschau halten.«

»Vielen Dank.«

Der Augenblick war gekommen, unsere frischgebackenen Arbeitskräfte zu entlassen. Ich schüttelte jedem die Hand; dann machten sie sich auf den Weg in ihr Feldlager.

»Wir sehen uns, wenn ich bei euch wegen meines Tellers und Löffels vorbeikomme«, sagte ich.

»Gut«, sagte Yadegarian. »Wiedersehen.«

Als ich zu meinem Zelt zurückkehrte, fiel mir auf, dass es während meiner Abwesenheit etwas in sich zusammengesunken war. Es machte einen ziemlich armseligen Eindruck: Ich war einfach so sehr mit dem Aushub des Grabens beschäftigt gewesen, dass ich selbst die wesentlichen Instandhaltungsarbeiten vernachlässigt hatte. Der Fehler war leicht wiedergutzumachen – es genügte, einige Zeltleinen zu spannen –, doch half das nicht, die düstere Stimmung zu vertreiben, die mich zu überfallen drohte. Die Beendigung der Arbeit hatte in mir eine tiefe Leere zurückgelassen. Ich hatte nicht nur von den Köchen Abschied nehmen müssen, an deren Seite ich die ganze Woche gearbeitet hatte; ich lief auch Gefahr, von meinen Freunden und Nachbarn geächtet zu werden. Im Licht der jüngsten Ereignisse stand ich kurz davor, aus ihrer Mitte ausgestoßen zu werden.

Einige Tage später erhielt ich indes Gelegenheit, meinen guten Ruf wiederherzustellen. In der Abenddämmerung bekam ich Besuch von Hartopps jüngerem Sohn Eldred. Er war wie sein Vater ein freundlicher Mensch; und ich war angenehm überrascht, als er an meinem Zelteingang auftauchte. Doch hatte er sich dafür einen ungewöhnlichen Zeitpunkt ausgesucht. Es war bereits fast dunkel; und mir fiel auch auf, dass er, statt geradewegs über das Feld zu laufen, einen Umweg zu meinem Zelt machte. Das legte nahe, dass es hier um Täuschung ging; sein gedämpfter Tonfall bestätigte meinen Verdacht.

»Isabella sucht nach Freiwilligen«, flüsterte er. »Sie will den Südosten aufmischen.«

»Wegen des Grabens?«, fragte ich.

»Auch deswegen«, sagte Eldred. »Aber wir haben insgesamt genug von den Neuen und wollen ihnen eine Lektion erteilen.«

»Wer ist wir?«

»Bislang Isabella, Hollis und ich, aber du kannst sehr gerne bei uns mitmachen.«

»Und was ist der Plan?«

»Wir wollen ihr Lager überfallen und einige ihrer Zelte zum Einsturz bringen.«

Weitere Details konnte er mir nicht mitteilen, und ich fragte mich, ob der Plan gründlich durchdacht war. Offenbar war Eldred (oder wahrscheinlicher Isabella) nicht klar, dass ihr Streich böse Folgen haben würde. Die Zelte der anderen niederzureißen, war sicher ein Spaß, würde aber unweigerlich zu Vergeltungsaktionen führen. Außerdem wäre es völlig klar, wer hinter allem stand. Die Idee, »den Südosten aufzumischen«, mochte in den Ohren dieser jungen Leute einen romantischen Klang haben, doch würde sie unweigerlich Ärger einbringen.

Selbst wenn ich diese Bedenken beiseiteließ, hätte ich

nur ungern an der Verschwörung teilgenommen. In meinen Augen hatten sich die Neuen immer höflich und anständig verhalten, wenn auch mitunter etwas kaltschnäuzig. Auch war zu bedenken, dass ich von ihrem Milchpudding gegessen hatte. Ich wollte nicht als ihr Lakai wahrgenommen werden (wie Isabella recht nachdrücklich angedeutet hatte), doch hegte ich ihnen gegenüber auch keinen besonderen Groll. Nachdem ich alles gegeneinander abgewogen hatte, entschied ich, an dem Überfall nicht teilzunehmen.

Ich legte Eldred meine Gründe dar; er akzeptierte sie bereitwillig, verabschiedete sich von mir und machte sich wieder auf den Weg in den Nordosten. Er würde Isabella von unserem Gespräch berichten, so viel war sicher, und dann wäre sie noch schlechter auf mich zu sprechen. Dennoch war ich nicht bereit, meinen Standpunkt zu ändern.

Nachdem Eldred gegangen war, fiel mir plötzlich ein, dass die Verschwörer für ihren Angriff ein Ziel übersehen hatten, das viel naheliegender war. Das Gebiet im Südosten war dicht besiedelt, wohingegen rings um den Graben niemand wohnte und er sich für einen Sabotageakt geradezu anbot. Ausgerüstet mit den richtigen Gerätschaften, konnte ein geeignetes Team in wenigen Stunden jede Menge Schaden anrichten und das zerstören, was die Köche und ich in tagelanger Arbeit gebaut hatten. Jedenfalls war das nicht auszuschließen; und als ich mich an die fehlenden Spaten erinnerte, begriff ich, dass es genau in diesem Augenblick geschehen könnte! Rasch verließ ich mein Zelt, um nachzusehen, und tappte auf leisen Sohlen im Sternenlicht über das Feld, bis der Erddamm vor mir aufragte. Zum Glück war Isabella und ihren Komplizen der Graben nicht in den Sinn gekommen: Außer mir war dort niemand.

Ich blieb stehen und spähte in die düstere stille Finsternis des Nordens. Hin und wieder frischte der Wind auf, und in der Ferne sah ich in den Zelten Lichter flackern. Eldred hatte mir nicht verraten, ob Hartopp oder Brigant in den geplanten Überfall eingeweiht waren; doch sah ich mich außerstande, das Thema mit einem von beiden zu diskutieren. Hen war eine unbekannte Größe. Ich war indes überzeugt, dass der Graben gefährdet war, angegriffen zu werden; in der Nacht überlegte ich, welche Sicherheitsvorkehrungen zu treffen seien. Unnötig zu erwähnen, dass sie an einer Hand abzuzählen waren. Am nächsten Morgen war ich zu dem Entschluss gekommen, unregelmäßig Patrouillen am Graben durchzuführen (regelmäßige würden nur Aufmerksamkeit erregen und die Leute vielleicht erst auf die Idee bringen).

Und so wurde ich ein unerkannter Wächter.

Meine ersten Erkundungsgänge waren recht einfach: Ich wartete einfach, bis alle aufgestanden waren, schlenderte dann auf und ab und tat so, als suchte ich nach den vermissten Spaten. Einmal lief mir Brigant aus der anderen Richtung über den Weg, und ich fragte ihn, ob er sie bei seinen Ausflügen zufällig gesehen habe. Er verneinte, versprach aber, nach ihnen Ausschau zu halten.

Bei den späteren Wachgängen war größere Umsicht erforderlich. Ich konnte selbstverständlich nicht immer wieder denselben Flecken Erde inspizieren, und so beendete ich meine »Suche« und ging dazu über, gemütlich über das Feld zu spazieren. Rasch lernte ich: Der Trick bestand darin, so gelassen wie möglich zu wirken und nichts und niemanden direkt anzuschauen. Hin und wieder wanderte ich weit hinauf in den Norden, um einen Überblick über die Entwicklung der Ereignisse zu gewinnen. Allerdings geschah recht wenig, das sich als verdächtige Aktivitäten deuten ließ. Trotz der sich zusammenbrauenden Feindseligkeiten gegenüber dem Südosten lag das Feld so ruhig da wie immer.

Andererseits war es undenkbar, dass Isabella ihre Pläne aufgeben würde. Ich wusste, es war nur eine Frage der Zeit, bis sie und ihre Verbündeten aus dem Norden zuschlagen würden.

Was dann irgendwann endlich stattfand, war nicht sehr sensationell. In den frühesten Morgenstunden der nächsten Neumondnacht wurde ich durch wilde Schreie geweckt, denen kriegerische Töne eines Horns folgten. Innerhalb von wenigen Minuten war das ganze Feldlager in Aufruhr. Der Überfall war offenbar erfolgreich, doch bei Tageslicht war kläglich wenig davon zu sehen: Eine Handvoll gelbbrauner Zelte war in sich zusammengefallen oder lag merkwürdig verdreht am Boden, weil die Zeltleinen gelöst waren. Mehr hatte man nicht zustande gebracht. Ihre Bewohner richteten sie rasch wieder auf; dann drehten sie sich um und blickten nachdenklich zu ihren Nachbarn in der Ferne. Kurz darauf erschien Aldebaran auf dem Schauplatz des Geschehens.

Die Vergeltung kam umgehend. Später an jenem Morgen – Isabella schwamm gerade im Fluss – verließ ein halbes Dutzend Männer das Lager und marschierte zu ihrem roten Zelt. Bestürzt sah ich zu, wie sie zu Werke gingen; sie machten ihr Zelt völlig platt und zogen alle Heringe aus der Erde. Sie legten beachtliche Zurückhaltung an den Tag (sie hätten viel mehr Schaden anrichten können); trotzdem war Isabella bei ihrer Rückkehr außer sich vor Wut. Außerdem bemerkte sie auf der Stelle, dass man mit keinem anderen Siedler so umgesprungen war: Nur sie allein wurde für die nächtliche Tat bestraft. Selbstverständlich eilten wir alle herbei, um ihr beim Aufräumen zu helfen, doch sie blieb unversöhnlich.

»Warum hat niemand etwas getan, um sie aufzuhalten?«, fragte sie.

»Wir waren gerade beim Frühstück«, sagte Hartopp, »und haben nichts mitbekommen.«

»Ich habe geschlafen«, sagte Brigant.

»Ich habe gerade nach Westen geschaut«, sagte Hen.

»Ach ja?«, murmelte Isabella. »Das trifft sich ja gut.« Zuletzt wandte sie sich an mich. »Und welche Entschuldigung hast du?«

»Ich habe keine«, sagte ich. »Tut mir leid.«

Sie sah mich lange und vielsagend an, ehe sie uns alle hinauswarf.

»Verschwindet«, sagte sie. »Ich kann das hier alleine in Ordnung bringen.«

»Na ja, falls du doch Hilfe brauchst«, sagte Hartopp, »gib uns einfach Bescheid.«

Isabella reagierte nicht, und wir schlichen alle still und beschämt davon.

Am nächsten Morgen stand sie früh auf und begab sich in die südwestliche Ecke des Feldes. Dort schnitt sie Stunde um Stunde Schilfrohr und legte es zum Trocknen in die Sonne. Mir kam das merkwürdig vor, und schließlich ging ich zu ihr, um ihr Hallo zu sagen. Isabella sah mich kommen, ignorierte mich aber und arbeitete weiter.

»Ich sehe, du bist sehr beschäftigt«, wagte ich mich vor.

»Ja«, antwortete sie und sah mich nicht an.

Ich warf einen Blick auf das geschnittene Schilfrohr um uns herum.

»Du baust doch nicht etwa ein Boot?«

»Doch, genau das tue ich«, sagte sie. »Ich gehe weg.«

»Aber du darfst nicht fortgehen«, sagte ich. »Ohne dich wäre hier alles anders.«

»Das ist nicht zu ändern«, sagte Isabella. »Ich habe mich entschlossen, der Sonne zu folgen.«

Sie unterbrach ihre Arbeit und trat einen Schritt zurück, um ihr Werk in Augenschein zu nehmen. Sie hatte in den wenigen Stunden eine Menge geschafft, und es lag bereits mehr Schilfrohr als nötig herum, um ein Boot zu bauen.

»Ich hoffe, du verlässt uns nicht wegen mir«, sagte ich.

»Nimm dich nicht so wichtig!«, fauchte Isabella und drehte sich endlich zu mir. »Ich wäre sowieso fortgegangen.«

»Warum?«

»Weil das Feld verdorben ist«, sagte sie. »Es hat seine Unschuld verloren.«

Wie um ihr Urteil zu bestätigen, verkündete ein Hornstoß die Mittagszeit. Frühere Anordnungen waren offenbar widerrufen worden.

Isabella starrte in den Südosten.

»So ein Haufen ungehobelter Kerle.«

»Das stimmt nicht ganz«, sagte ich. »In mancher Hinsicht haben sie einen zivilisierenden Einfluss.«

»Ach ja?«

»Außerordentliches Organisationsvermögen, eiserne Disziplin, gründliche Planung und Vorarbeiten, breite Durchgangsstraßen, ein ausgeklügeltes Entwässerungssystem, beeindruckende Erdarbeiten, Küchen und Bäckereien für die Allgemeinheit, Badehäuser mit kostenlosem heißem Wasser und so weiter und so weiter.«

»Na ja«, sagte Isabella. »Sie mögen sich für zivilisiert halten, aber Gentlemen sind sie keinesfalls.«

In den nächsten Tagen wurden mehrfach Versuche unternommen, Isabella von der Abreise abzuhalten. Brigant, Hen und Hartopp (in Begleitung seiner beiden zerknirschten Söhne) besuchten sie, und man überhäufte sie mit Komplimenten und Blumensträußen. Sie versprachen ihr, alles zu tun, was sie verlange, wenn sie nur bleibe. Selbstverständlich war alles vergeblich: Isabella hörte nicht mehr zu. Stattdessen fuhr sie mit ihrer Arbeit fort. Als das Schilfrohr ausreichend getrocknet war, flocht sie es zu dicken biegsamen Strängen und trug diese bündelweise in den östlichen Teil des Feldes. Dann begann sie sehr geschickt, daraus ein Boot zusammenzubauen.

Wir sahen ihr bewundernd zu, während es langsam

Formen annahm. Hartopp, Hollis und Eldred waren besonders fasziniert, denn sie hatten damals Isabellas erstes Boot nicht gesehen. Sie fühlten sich jedoch genötigt, Abstand zu halten, und beobachteten alles nur aus der Ferne. Als das Boot endlich fertig war, zog Isabella es ans Ufer. Es war schlank und elegant und hatte einen hohen geschwungenen Bug.

Am nächsten Morgen beobachtete ich von meinem Zelteingang, wie Isabella sich zur Abreise bereit machte. Ohne Umstände schlug sie ihr rotes Zelt ab, faltete es und verstaute es in ihrem Boot. Daneben lagen, fertig zum Einladen, ihre anderen Habseligkeiten; dann drehte sie sich unvermutet um und winkte mich heran. Rasch und hoffnungsvoll lief ich über das Feld zu ihr.

»Ich mache mich auf den Weg«, sagte sie nüchtern. »Die gibst du besser deinen Freunden zurück.«

Isabella langte zwischen ihre Gepäckstücke und zog zwei glänzende Spaten hervor.

»Oh, wir haben uns schon gefragt, wo sie abgeblieben sind«, sagte ich.

»Tja, ich dachte, ich könnte sie vielleicht brauchen«, sagte sie. »Aber nun doch nicht.«

Mittlerweile waren Hartopp und die anderen näher gekommen, um bei Isabellas Abreise dabei zu sein. Bei ihrem Anblick schnaubte sie vor Wut.

»Ich will hier kein Theater«, verkündete sie. »Tretet zurück, bitte.«

Sie schob ihr Boot ins seichte Wasser, lud das letzte Gepäck ein und ging dann an Bord. Kurz darauf trieb sie in der Flussmitte stromabwärts.

»Auf Wiedersehen, Isabella!«, riefen wir alle im Chor, und sie hob einen Arm zum Gruß.

Als sie um die letzte Biegung verschwand, sah ich einen aufgeregten Vogelschwarm über unseren Köpfen kreisen.

Ich ging davon aus, dass Yadegarian und seine Kollegen wegen der verlorenen Spaten Ärger bekommen hatten; darum war es unerlässlich, sie so schnell wie möglich zurückzubringen. Eine Zeit lang überlegte ich, ob ich sie in das Lager hineinschmuggeln sollte, wenn ich dort meinen Teller und Löffel abholen würde; doch war mir eigentlich klar, dass das nicht machbar war: Die Spaten waren viel zu groß, um sie unter meiner Kleidung zu verstecken. Daher entschied ich letztendlich, Ehrlichkeit sei die beste Strategie. Ich wartete die ruhige Zeitspanne zwischen Frühstück und Abendessen ab, nahm die Spaten und ging zur Feldküche.

Bald wurde klar, dass ich mir umsonst Gedanken gemacht hatte: Es gab eindeutig Wichtigeres als zwei verloren gegangene Spaten. Kaum hatte ich einen Fuß in das Lager gesetzt, spürte ich, dass Unordnung herrschte. Die Veränderung war kaum wahrnehmbar, wirklich unmerklich, und dennoch waren die Anzeichen unübersehbar: Die Fahnen und Wimpel waren ausgefranst und verschlissen, die Wege hatten tiefe Furchen, und einige Zelte waren von der Sonne ausgebleicht. Ich ließ das alles auf mich wirken, als Aldebaran aus einem Seitenweg auftauchte. Er machte einen ziemlich gedankenverlorenen Eindruck, fast wäre er geradewegs an mir vorbeigegangen.

»Hallo, Aldebaran«, sagte ich.

Er blieb stehen und blickte in meine Richtung.

»Entschuldige«, sagte er. »Ich war mit meinen Gedanken woanders.«

»Ich wollte nur diese beiden Spaten zurückbringen.«

»Ach, sehr gut.«

»Isabella hatte sie für ein paar Tage ausgeliehen.«

»Isabella«, wiederholte er dröhnend. »Sie ist fortgegangen, stimmt's?«

»Ja«, antwortete ich. »Heute Morgen.«

Aldebaran nickte.

»Wir hatten nicht die Absicht, sie zu vertreiben«, sagte er. »Aber wir fanden sie, ehrlich gesagt, recht schwierig.«

»Ja, das habe ich vermutet.«

»Wir haben uns fast überschlagen, um es ihr recht zu machen. Aber sie hat uns unentwegt nur mit Klagen und Kritik überhäuft.«

»Dennoch, sie wird mir fehlen«, sagte ich

Aldebaran antwortete nicht, und als ich ihn ansah, wurde mir klar, dass ich seine Aufmerksamkeit nicht mehr hatte. Offenbar war er in Gedanken mit anderem beschäftigt, und so stahl ich mich mit einer Entschuldigung davon.

Beim Betreten der Feldküche entdeckte ich weitere Anzeichen des Niedergangs: Die großen gusseisernen Kochtöpfe standen noch immer auf dem Tresen aufgereiht, doch waren sie nun kalt und ungenutzt. In der

Nähe war Yadegarian damit beschäftigt, einen Brotlaib in sehr dünne Scheiben aufzuschneiden. Wir begrüßten uns, dann übergab ich ihm die beiden Spaten.

»Die hatte ich ganz vergessen«, sagte er. »Trotzdem vielen Dank. Ich bringe sie ins Werkzeuglager, wenn der Quartiermeister nicht hinschaut.«

»Ihr habt also keinen Ärger bekommen?«

»Nein«, sagte Yadegarian. »Ihm ist ihr Fehlen gar nicht aufgefallen. So beschäftigt ist er.«

»Womit denn?«

»Vor allem mit logistischen Problemen. Unsere Nachschubwege funktionieren nicht mehr. Uns gehen die Vorräte aus.«

»Oje.«

»Sie reichen gerade noch, um einige wenige Mäuler zu stopfen. Bald werden wir die Rationen halbieren müssen.«

»Kennt ihr die Ursache?«

»Nein, keine Ahnung. Eamont hat sich vor ein paar Tagen auf den Weg gemacht, um etwas herauszufinden. Aber bisher haben wir nichts von ihm gehört.«

Anscheinend hatten die Köche die Anweisung erhalten, alles Brot zu rösten, um es haltbarer zu machen. Yadegarian befüllte den Rost und bat mich, ein Auge darauf zu haben, solange er nach meinem Teller und Löffel suche.

»Beides ist auf jeden Fall sicher verwahrt«, versicherte er mir. »Ich kann mich nur nicht mehr genau erinnern, wo wir die Sachen hingetan haben. Wahrscheinlich irgendwo dort hinten. Eine Sekunde.«

Mit diesen Worten verschwand er in den hinteren Winkel der Küche. Als ich ihn in verschiedenen Kisten und Kästen kramen hörte, dachte ich über das nach, was er mir gesagt hatte. Vermutlich waren die knappen Vorräte der Grund dafür, dass Aldebaran bei unserer Begegnung eben so nachdenklich gewirkt hatte: Diese Verantwortung musste schwer sein, und sicher erwog er Maßnahmen, um die Situation zu überbrücken. Es konnte sich nur um einen vorübergehenden Engpass handeln: Soweit ich diese Leute kennengelernt hatte, waren sie durchaus imstande, eine handfeste Krise abzuwehren. Doch sie hatten einen schwachen Punkt offenbart; Isabella und die anderen hätte das sehr gefreut. Bei dem Gedanken überfiel mich ein Gefühl von Ausgelassenheit, das sich aber sofort auflöste, als mir Isabellas plötzliche Abreise wieder einfiel.

Yadegarian traute mir einfach nicht zu, den Toast im Auge zu behalten, denn mit einem Mal kam er zurückgeeilt, einen Löffel in der einen Hand und einen Teller in der anderen.

»Pass auf!«, rief er.

»Mach dir keine Sorgen«, sagte ich und zog rasch die Pfanne vom Rost. »Ich habe alles unter Kontrolle.«

Doch für Yadegarians Geschmack war das Brot ein wenig zu dunkel geraten. Er sah es eine Weile bekümmert an, seufzte und begann, einen zweiten Brotlaib aufzuschneiden.

»Nimm dir von dem Toast«, murmelte er. »Den kann ich unseren Leuten nicht anbieten. Die sind viel zu heikel.«

»Oh, vielen Dank«, sagte ich. »Hast du auch Butter?«

Yadegarian unterbrach seine Arbeit und sah mich durchdringend an.

»Ich habe dir doch gesagt, dass die Vorratsschränke leer sind«, sagte er. »Butter haben wir seit Tagen nicht mehr.«

Yadegarian mochte es beim Ausheben von Gräben an Erfahrung gemangelt haben, doch in der Küche hatte er alles fest im Griff. Mir kam der Gedanke, dass ich ihm nicht unbedingt hilfreich, sondern eher hinderlich war. Und so nahm ich mir ein wenig Toast, meinen Teller und meinen Löffel, dankte ihm noch einmal und ging rasch hinaus.

Mir fiel auf, dass weiter im Norden, jenseits des Walls, Brigants Zelt nicht länger das einzige war. Offenbar hatten einige von Hartopps Leuten sich entschieden, aus dem Nordosten weiter in die Mitte des Feldes zu ziehen; und jetzt standen dort drei oder vier eckige Zelte über die Wiese verteilt. Mich überraschte, dass niemand von ihnen sich weiter im Süden angesiedelt hatte, wo das Gras dichter und üppiger wuchs, der Boden weniger hart war und wo es (nach dortiger Auffassung) seltener regnete. Es war eine einmalige Gelegenheit, doch niemand hatte sie ergriffen.

Hartopp wollte ganz offensichtlich bleiben, wo er war. Seine drei Boote lagen kieloben, verlassen und fast vollständig von dichten Brennnesseln überwuchert. Folglich hatten er und seine Söhne sie seit Wochen nicht inspiziert. Sie würden in naher Zukunft sicher nicht zum

Einsatz kommen; und es war Hartopps erklärte Absicht, sie genau dort zu lassen, wo sie waren (ihm gefalle es, wie sie sich in das Grün der Umgebung einfügten, sagte er). Auch überall sonst waren die Kräfte der Natur am Werk. Zum Beispiel überwuchs den Wall allmählich frisches Gras, und jeden Tag sprossen auf der gesamten Länge neue Pflänzchen. An anderen Stellen tüpfelten Disteln und ähnliche Gewächse das Feld, und am Ufer gediehen weiterhin Schilfrohr und Binsen.

Hinter uns lag ein langer, üppiger Sommer. Allerdings hatte ich das Gefühl, dass Veränderungen sich anbahnten.

Eines Abends, die Sonne ging gerade unter, hörte ich das vertraute Signal des Horns. Ich spähte nach Südosten und beobachtete, wie Leute sich zum Abendessen anstellten. Ich hatte diese Szene schon sehr oft verfolgt. Bei den Mahlzeiten funktionierte das Feldlager wie ein Uhrwerk, und die Schlangen kamen recht schnell voran. Doch heute Abend bewegten sie sich kaum. Die Ursache für die Verzögerungen war nicht klar; aber ich erinnerte mich vage an Yadegarians Worte, dass die Vorratsschränke leer seien. Ich hatte das als Metapher aufgefasst, doch vielleicht kam es der Wahrheit näher, als mir klar gewesen war. Sollte es wirklich so sein, war nicht auszuschließen, dass das Abendessen ausfiel. Mittlerweile war in der rasch hereinbrechenden Dämmerung nicht mehr viel zu erkennen. Ich spitzte die Ohren. Aus der Ferne waren leise Stimmen des Protests zu hören, die langsam verebbten; vermutlich hatten sich die Schlangen aufgelöst, und die Leute waren zu ihren Zelten zurückgekehrt.

Mit einem Mal tauchte auf der anderen Seite der Furt eine einsame Gestalt aus der Dämmerung auf. Ich wusste auf den ersten Blick, wer es war: Wenn Eamont eine dringende Nachricht zu überbringen hatte, eilte er in der Hast mit vorgebeugtem Oberkörper dahin. Als er jetzt von seinem Auftrag zurückkehrte, überkam mich das Gefühl, dass sich bedeutsame Ereignisse anbahnten und entfalteten. Ohne innezuhalten, marschierte Eamont ins Wasser und watete hinüber zum Großen Feld. Als er festen Boden unter den Füßen hatte, lief er zum Lager und war nicht mehr zu sehen.

Meine Ahnungen erwiesen sich als richtig. Wenig später loderten im Südosten Fackeln auf, und Befehle und Antworten wurden gerufen. Anscheinend wurde die Bevölkerung aus irgendeinem Grund mobilisiert. Die ganze Nacht hindurch waren hektische Aktivitäten zu hören, doch erst in den Morgenstunden offenbarte sich das gesamte Ausmaß. Als ich im Morgengrauen aus meinem Zelteingang spähte, stand von dem Feldlager so gut wie nichts mehr. Alle Zelte waren zum Abtransport fertig; die zentralen Zeltstangen wurden bereits fortgetragen. Unzählige Männer, mit Gepäck und Ausrüstung beladen, durchquerten einer nach dem anderen den Fluss und zogen langsam südwärts. Schweigend verfolgte Aldebaran den Exodus. Er stand reglos am Rand seines einstigen Reichs, als die Fahnen eingeholt wurden und seine Untergebenen davontrotteten. Es war ein bedrückender Anblick. Von der einst mächtigen Zeltfestung war nicht mehr als niedergetrampeltes Gras in einer Ecke des Feldes geblieben.

Kurz darauf gesellte sich Hen zu mir, und gemeinsam beobachteten wir die letzten Szenen dieses Schauspiels. Mittlerweile befanden sich im Südosten nur noch etwa ein Dutzend Nachzügler, darunter Aldebarans persönliche Diener, einige Mägde und Eamont. Auch Yadegarian und die anderen Köche waren noch da. Ihr Gepäck war neben ihnen aufgestapelt, aber sie schienen es mit dem Aufbruch nicht eilig zu haben. Sie warteten sogar, bis Aldebaran seinen einsamen Beobachtungsposten aufgab; dann ging Yadegarian bedächtig auf ihn zu. Es folgte ein längeres Gespräch, dann nickten sie und verabschiedeten sich per Handschlag. Schließlich blickte Aldebaran nach Westen und entdeckte Hen und mich. Nach einem kurzen Wortwechsel mit Eamont spazierte er auf uns zu.

»Guten Morgen«, sagte er, als er näher kam. »Ihr habt sicher mitbekommen, dass wir aufbrechen.«

»Ja«, sagte ich. »Gibt es irgendeinen besonderen Grund dafür?«

»Sogar mehrere«, sagte Aldebaran müde. »Um es kurz zu machen, wir müssen recht bald ins Hauptquartier zurückkehren.«

»Oh«, sagte ich überrascht. »Ich dachte immer, dieses hier sei euer Hauptquartier.«

»Nein«, kam die Antwort. »Das hier ist lediglich ein Außenposten in einer entlegenen Provinz.«

Der Unterhalt des Lagers habe nicht vorhersehbare Kosten und Aufwand verursacht, erläuterte er. Ihre Ressourcen seien über Gebühr belastet worden, was unter den gegenwärtigen Verhältnissen nicht vertretbar sei.

Und so habe man beschlossen, den Verlust in Grenzen zu halten und die Zelte abzubrechen.

»Ich fürchte, wir haben uns übernommen«, sagte er zum Schluss.

Während Aldebaran sprach, sah ich hinüber zu dem Wall, den ich, Yadegarian und die anderen Köche erst vor Kurzem fertiggestellt hatten. Beiläufig überlegte ich, ob er unter »Kosten« oder »Aufwand« verbucht worden war. Doch ich sagte nichts: Aldebaran schien ohnehin in bedrückter Stimmung, und ich wollte es nicht noch schlimmer machen. Drüben im Südosten ordneten die Diener und die Köche die Gepäckstücke neu. Als Aldebaran die hektische Betriebsamkeit sah, fiel ihm offenbar noch etwas anderes ein. Unvermittelt sprach er Hen an, der schweigend in der Nähe stand.

»Ich habe gehört, dass du hier der Erste warst«, sagte Aldebaran. »Hier im Westen, meine ich.«

»Oh…, äh…, ja«, antwortete Hen. »Doch, das stimmt.«

Die Bemerkung schien ihn völlig zu verblüffen, als hätte er seinen Anspruch, den er lange geltend gemacht hatte, vergessen.

»Ich erwähne das nur«, sagte Aldebaran, »weil wir einen kleinen Trupp zurücklassen. Einige Köche und Mägde haben beantragt, aus dem Dienst entlassen zu werden, und dem wurde stattgegeben. So haben wir ein paar hungrige Mägen weniger zu füllen. Wir überlassen ihnen auch zwei, drei Zelte, die unseren Bedarf übersteigen, und eine geringe Menge unserer restlichen Vorräte.«

»Und was hat das alles mit mir zu tun?«, fragte Hen.

»Na ja«, sagte Aldebaran. »Sie würden sich gerne im Südwesten ansiedeln und sind damit an der Grenze zu deinem Gebiet.«

»Ich verstehe.«

»Selbstverständlich erteilen wir ihnen ohne dein Einverständnis keine Erlaubnis. Hast du irgendwelche Einwände?«

»Nein, natürlich nicht«, sagte Hen. »Sie sind herzlich willkommen.«

»Dann könntest du vielleicht ein Auge auf sie haben, bis sie sich niedergelassen haben?«

»Selbstverständlich.«

»Ausgezeichnet«, sagte Aldebaran. »Das ist sehr gut.«

Unterdessen, so zeigte sich, waren die Köche und Mägde bereits in den Südosten aufgebrochen. Sie gingen langsam, einer hinter dem anderen, und hatten ihre wenigen Habseligkeiten bei sich; hin und wieder trug die Brise aufgeregte Stimmen zu uns heran. Aldebarans Diener hatten die letzten Gepäckstücke eingesammelt und warteten nun an der Furt auf ihn.

Er wollte sich schon verabschieden, da fiel mir ein, dass auch ich eine Frage hatte.

»Bevor du gehst«, sagte ich, »könntest du etwas aufklären, das zu heftigen Auseinandersetzungen zwischen uns geführt hat?«

»Ich werd's versuchen«, sagte Aldebaran. »Um was geht es?«

»Um die Erdarbeiten«, sagte ich. »Wir haben uns gefragt, ob sie der Ableitung von Regenwasser oder der Verteidigung dienen sollten.«

»Beidem«, antwortete er.

Anschließend nickte er uns flüchtig zu und ging zur Furt. Seine Leute beobachteten ihn, als er sich ihnen näherte; dann durchwateten sie alle gemeinsam den Fluss und machten sich eilig auf den Weg, um die anderen einzuholen, die mit dem Gepäck vorausgegangen waren. Mir fiel auf, dass keiner von ihnen sich umdrehte, um dem Großen Feld einen letzten Blick zuzuwerfen. Langsam verringerte sich der Abstand zwischen ihnen und ihren Kameraden, die am Horizont immer kleiner wurden; und bald verloren sich alle im Dunst der Ferne. Der klagende Ton des Horns war das Letzte, was wir von ihnen hörten, dann waren sie alle verschwunden.

Drüben im Südosten blitzte etwas in der Sonne auf. Der grelle Lichtreflex hatte etwas Unnatürliches, sodass es unmöglich war, seinen Ursprung zu erkennen. Schließlich gingen Hen und ich nachsehen. Erst als wir näher kamen, sahen wir, was es war: Die große Kupferwanne lag einsam und verlassen umgekippt auf einer Seite.

»Die überstieg offenbar auch ihren Bedarf«, kommentierte Hen.

»Ja«, sagte ich. »Ohne heißes Wasser kann man damit nichts anfangen.«

Die Wanne mit ihren auswärts geschwungenen Füßen und dem elegant gerundeten Rand war ein erstklassiges Stück Handwerkskunst. Dennoch bot sie einen traurigen Anblick. Sie war als Geschenk für Isabella extra an diesen Ort gebracht worden, aber sie hatte sie zurückgewiesen und war ihrer eigenen Wege gegangen. Jetzt war die Wanne nichts als eine wertlose Laune, und ihr einziger Zweck bestand darin, mich an all die Gelegenheiten zu erinnern, die ich mir hatte entgehen lassen.

Nach ein paar Tagen beschloss ich, Yadegarian und seinen Gefährten im Südwesten einen Besuch abzustatten. Sie hatten sich den äußersten Zipfel der Flussbiegung ausgesucht, und der Unterschied zwischen dieser und ihrer früheren Siedlung war augenfällig. Mich beeindruckte auf den ersten Blick, wie sie ihre langweiligen gelbbraunen Zelte mithilfe von Blättern und Gräsern in mit Girlanden behangenen Lauben verwandelt hatten. Zur weiteren Dekoration dienten bunte Wimpel. Alles sah sehr hübsch aus, und sie alle waren hocherfreut über die glückliche Fügung ihres Schicksals. Doch schwelgten sie nicht im Luxus. Yadegarian zeigte mir die Vorräte, die man ihnen überlassen hatte: ausschließlich Kekse aus der Notreserve. Er bot mir einen zum Kosten an; ich sah, dass er den Buchstabe J trug.

»Ach, ja«, sagte Yadegarian. »Er stammt sicher aus der hintersten Ecke unserer Vorräte.«

»Hast du ihn gebacken?«, fragte ich.

»Wir haben alle gebacken«, antwortete er. »Kekse sind unsere Spezialität.«

Obwohl der Keks offensichtlich nicht mehr frisch war, schmeckte er köstlich. In Form, Größe und Konsistenz ähnelte er interessanterweise Hartopps Keksen; und mir kam der Gedanke, dass die beiden Gruppen in puncto Küche vieles gemeinsam hatten. Und das führte mich zu der Idee: Wenn sie in Kontakt miteinander kämen, könnte das vielleicht dazu beitragen, das Gefühl der Teilung abzubauen, das seit Kurzem auf dem Feld herrschte. Ich wollte mir den Punkt merken, um ihn mit Hen zu besprechen.

Gedanken dieser Art waren natürlich für die Zukunft. Einstweilen war der leere Platz, der durch Aldebarans Abreise entstanden war, das Hauptanliegen. Von der verschmähten Badewanne abgesehen, lag der Südosten öde und verlassen da. Es war jedoch nur eine Frage der Zeit, bis das ganze Gebiet wieder eingenommen werden würde. Ich persönlich hatte nicht die Absicht, Neuankömmlingen gegenüber abweisend aufzutreten, doch wusste ich, dass einige meiner Nachbarn weniger tolerant waren. Um einem erneuten gewaltsamen Eindringen vorzubeugen, schlug ich vor, dass jemand aus unserer Mitte sich das unbesetzte Stück Land nehmen solle.

»Das ist eine einmalige Gelegenheit«, sagte ich. »Die Sicht auf den Fluss ist sensationell.«

Bedauerlicherweise fand sich niemand. Brigant war entschlossen, nördlich des Erdwalls (wie er ihn nannte) zu bleiben; und Hartopp meinte, dass seine an Land liegenden Boote ihn an den Südosten bänden. Nicht einmal seine Söhne zeigten sich interessiert, obgleich ich sie oft am verlassenen Flussufer umherstreifen sah. Sie seien auf Abenteuer aus, sagten sie mir. Doch letztlich fanden sie, dass das untere Gebiet ihnen doch zu fade sei.

Wieder einmal war ich der einzige Anwärter. Ich

brauchte bei den üppigen Wiesen nur zuzugreifen, und ich musste zugeben, die Versuchung war verlockend. Doch nagten Zweifel an mir. Aus Erfahrung wusste ich, dass jeder, der im Südosten siedelte, den neugierigen Blicken der anderen auf dem Feld ausgesetzt war. Eine unumstößliche Tatsache, die sich aus unterschiedlichen Faktoren nährte; diese reichten von bloßer Neugier bis zum blanken Neid. Und ich war mir nicht sicher, ob mir diese Aussicht zusagte. Und so verschob ich den Umzug vorerst. Ich schloss ihn nicht aus, doch wollte ich wenigstens noch einmal darüber schlafen.

So zumindest war mein Plan.

Es stellte sich jedoch heraus, dass das mit dem Schlafen nicht so einfach war. Mitten in der Nacht weckte mich dröhnendes metallisches Hämmern, das aus der verlassenen Gegend zu kommen schien. Ich schlüpfte rasch in meine Stiefel und ging nach draußen. In der Dunkelheit war nichts zu erkennen, doch brach das Dröhnen immer wieder los und wurde von Rufen und Flüchen begleitet. Die Geräusche klangen seltsam und unbekannt. Mich überfiel ein ungutes Gefühl, und mit einem Mal hörte ich eine verärgerte Stimme rufen: »Hey!«

Sofort hörte das dröhnende Hämmern auf.

Ich erkannte Hartopps Stimme, und einen Augenblick später war oben auf dem Wall seine Silhouette zu sehen. Neben ihm standen zwei weitere Gestalten, ich vermutete, dass es sich um Hollis und Eldred handelte.

Nach kurzer Pause setzte das Hämmern wieder ein und wurde erst nach einem weiteren lauten »Hey!« erneut eingestellt.

Daraufhin erhob sich ein Konzert aus verächtlichem Gelächter, Buhrufen und Pfeifen. Es verebbte in der Ferne, und auch der Lärm wurde allmählich leiser. Immer wieder rüttelten Windstöße an meinem Zelt, aber sonst war alles ruhig. Die Störung war vorüber.

Am Morgen fragte ich Hartopp, was sich ereignet habe.

»Wir hatten Besuch«, antwortete er. »Männer in Booten.«

»Ein ganz schönes Getöse.«

»Sie haben auf der Kupferwanne herumgehämmert«, sagte Hartopp. »Vermutlich wollten sie sie zerlegen.«

»Bis du sie vertrieben hast.«

»Ja.«

Nun gesellte sich Brigant zu uns, und wir machten uns zu dritt auf den Weg in den Südosten, um die Wanne in Augenschein zu nehmen. Es freute mich, dass sich der Schaden, abgesehen von ein paar Dellen, in Grenzen hielt. Falls die Räuber es auf das Kupfer abgesehen hatten, hatten sie es falsch angestellt.

»Sie hätten den ganzen lieben langen Tag darauf herumhämmern können, ohne etwas zu erreichen«, kommentierte ich. »Man kann Kupfer nicht in Stücke schlagen.«

»Ob sie wohl wissen, wozu die Wanne dient?«, fragte Brigant.

»Ihrem Aussehen nach zu urteilen, wahrscheinlich nicht«, sagte Hartopp.

»Dann hast du sie also gesehen?«

»Nicht deutlich, muss ich zugeben, aber ich kann dir

trotzdem sagen, wer das war. Ich konnte einen Blick auf ihre Boote erhaschen, als sie davonsegelten, und da wusste ich, dass ich sie schon einmal gesehen hatte. Das sind unverbesserliche Plünderer aus dem fernen Norden, und zwar unter der Führung eines Mannes mit dem Namen Hogust. Wir sind ihnen auf unserer Reise flussabwärts begegnet.«

»Ach ja?«, fragte Brigant. »Daran kann ich mich gar nicht erinnern.«

»Das war, bevor du zu uns an Bord kamst«, sagte Hartopp. »Vergiss nicht, der Fluss hat viele Nebenarme.«

»Stimmt.«

»Dieser Hogust ist der geborene Unruhestifter. Ich habe gehört, wie er die anderen letzte Nacht aufgestachelt hat.«

»Glaubst du, sie werden es noch einmal versuchen?«, fragte ich.

»Nicht sicher«, antwortete Hartopp. »Das hängt von ihrer Laune ab.«

»Vielleicht kommen sie wieder und lassen sich im Südosten nieder.«

»Vielleicht«, sagte Hartopp. »Aber auch da bin ich nicht sicher. Eigentlich gehören sie nicht zu den Typen, die lange an einem Ort bleiben: Es kann ebenso gut sein, dass sie wieder flussaufwärts segeln.«

»Hoffentlich tun sie das«, sagte Brigant. »Wir wollen nicht, dass sie hier an Land gehen.«

Wir standen noch eine Weile da, blickten zum Horizont und hingen schweigend unseren Gedanken nach; dann zogen wir uns in die Geborgenheit unserer Zelte zurück. Mich hatte Hartopps Beschreibung von den Räubern ziemlich beunruhigt, und Brigant ging es offensichtlich genauso. Wie bereits erwähnt, hatte ich überhaupt nichts gegen Neuankömmlinge; denn oft sorgten sie für Vielfalt und Farbe auf dem Feld, Isabella war das beste Beispiel dafür. Doch hatte alles seine Grenzen, die Hogust und seine Kumpane eindeutig überschritten hatten. Mitten in der Nacht mit Hämmern bewaffnet daherzukommen, war unerhört, vor allem, wenn andere schlafen wollten. Wenn sie sich so aufführten, waren sie hier auf keinen Fall willkommen; und ich wusste, dass ich mit meiner Meinung nicht alleine dastand.

Die verlassene Wanne lud natürlich zu weiterem Aufruhr ein. Solange sie für alle sichtbar dort herumlag, war es nur eine Frage der Zeit, bis sie wieder unerwünschte Aufmerksamkeit auf sich zöge; und ich überlegte geraume Zeit, wie man Abhilfe schaffen könne. Doch schließlich sorgte Yadegarian für eine Lösung. Am Nachmittag sah ich ihn an der Spitze einer kleinen Gruppe, die in den Südosten ging. Dort angekommen, unterzogen sie die Wanne einer gründlichen Inspektion; dann machten sie sich daran, sie genau denselben Weg zurückzuschleppen, den sie gekommen waren. Sie war sichtlich schwer, und sie mussten sich ziemlich anstrengen. Dennoch hielten sie durch, bis sie sie nach Hause getragen hatten.

Ich ging davon aus, dass Yadegarian von dem Überfall erfahren und beschlossen hatte, die Wanne in Verwahrung zu nehmen. Eine gute Tat, die aber aller Wahrscheinlichkeit nach bald in Vergessenheit geraten würde.

Zweifellos würde die Wanne in irgendeiner verlassenen Ecke des Feldes herumliegen, von Brennnesseln überwuchert und den Elementen ausgeliefert, bis man sie vollkommen vergessen hätte. Ein trauriges Schicksal, aber mehr oder weniger unvermeidlich. Ich war daher äußerst überrascht, als Yadegarian sich daranmachte, ihr wieder zu ihrer alten Pracht zu verhelfen. Stundenlang hämmerten er und seine Gefährten mit Holzhämmern sorgsam die Beulen aus und polierten das Kupfer anschließend auf Hochglanz. Zu guter Letzt stellten sie die Wanne in die Mitte ihrer Siedlung auf einen Erdsockel. Dort stand sie nun und glänzte im Sonnenlicht.

Hen und ich beobachteten das Ganze von Anfang bis Ende. Ein faszinierendes Schauspiel, doch fand ich später heraus, dass Hen schlimme Befürchtungen hegte. Wie er es Aldebaran versprochen hatte, behielt er die Siedler in den nächsten Tagen pflichtbewusst im Auge, um darauf zu achten, dass alles gut lief. So wie alles andere nahm er auch diese Aufgabe sehr ernst. Doch verwirrte ihn die hingebungsvolle Beschäftigung mit der Kupferwanne zutiefst.

»Ich begreife die Leute nicht«, sagte er zu mir. »Sie polieren sie immerzu, morgens, mittags, abends.«

»Vielleicht fasziniert sie der unnatürliche Glanz der Wanne«, meinte ich. »Sie ist ja schließlich ein handwerkliches Meisterstück.«

»Das mag schon sein«, sagte Han. »Aber mir macht das trotzdem Sorge. Sie sollten sich eigentlich auf das Ende des Sommers vorbereiten, Vorräte anlegen, Brennholz sammeln und so weiter. Stattdessen verbringen sie ihre Abende damit, um diese verflixte Badewanne herumzutanzen.«

»Die Glücklichen«, sagte ich. »Klingt nach nettem Zeitvertreib.«

»Das ist gar nicht komisch«, entgegnete er. »Der Sommer währt nicht ewig.«

»Nein, vermutlich nicht.«

»Sie sollten wenigstens neue Kekse backen.«

Hens Bemerkung erinnerte mich an die Idee, die mir vor einiger Zeit durch den Kopf gegangen war.

»Übrigens«, sagte ich. »Wo wir gerade von Keksen sprechen …«

Weiter kam ich nicht.

Mit einem Mal brach im Nordosten Tumult aus. Wir hörten Hartopp einen Warnschrei ausstoßen, und schon im nächsten Augenblick kam eine Flotte aus langen, schmalen Booten den Fluss heruntergesegelt. Sofort eilten Yadegarians Leute zur Kupferwanne und versteckten sie unter einer Plane; dann zogen sie sich in ihre Zelte zurück. Inzwischen waren die Boote in der südwestlichen Ecke angekommen, und mehrere Männer gingen an Land. Eine andere Gruppe war, scheinbar bereit zu raschem Aufbruch, in den Booten geblieben. Es sah ganz danach aus, als seien die Räuber zurückgekehrt, und dieses Mal am helllichten Tag.

Wir beobachteten die Landgänger; sie suchten die Gegend ab, wo die Wanne vorher gelegen hatte. Als die Männer feststellten, dass sie nicht mehr da war, stierten sie auf den kahlen Boden; damit hatten sie offenbar nicht gerechnet. Nach einer Weile hörten wir, dass aus einem der Boote Befehle gebellt wurden. Aus der Entfernung verstanden wir die Worte nicht, aber deren Bedeutung wurde rasch klar. Innerhalb von Minuten waren sämtliche Boote an Land gezogen und die Segel eingeholt. Dann begannen alle, Zelte und Ausrüstung auszuladen. Alle, mit Ausnahme des Mannes, der die Befehle erteilte. Ein stämmiger Kerl mit barscher Stimme, der als Letzter an Land ging.

»Hogust, nehme ich an«, sagte Hen.

»Ja«, sagte ich. »Er hat sich wohl doch zum Bleiben entschlossen.«

»Vielleicht ja nur für eine gewisse Zeit.«

»Ja, vielleicht.«

Wir schauten weiter zu, als Hogust seine neue Umgebung in Augenschein nahm. Die Männer unter seinem Kommando waren eine unbändige Horde. Offenbar auf der Suche nach einer Stelle, wo sie ihre Zelte aufschlagen konnten, liefen sie planlos kreuz und quer und änderten immer wieder ihre Meinung. Ich sah, dass zwei, drei sich wegen einiger Gepäckstücke in die Haare gerieten. Mit Gebrüll schoben und stießen sie einander fort, und es sah so aus, als würden gleich die Fäuste fliegen. Doch schon einen Augenblick später löste der Streit sich in wüstem Lachen auf. Noch einige spielerische Schläge, und das war es.

Hogust hatte sich unterdessen ein paar Schritte von seinen unbändigen Gefährten entfernt. Er stand allein da und blickte auf die leere Wiese. Offenbar war ihm etwas aufgefallen. Mit einem Mal machte er eine Kehrtwendung und gesellte sich, eine Reihe von kurzen Befehlen bellend, wieder zu den anderen. Protestgeheul brach los, doch Hogust sorgte sofort für Ruhe, indem er dem Mann, der in nächster Nähe stand, eine Ohrfeige verpasste. Danach machten alle das, was man ihnen gesagt hatte. Ihr Anführer drängte zum Aufbruch, und sie beluden rasch ihre Boote und hissten die Segel. Schließlich gingen sie zu Wasser und verschwanden wieder flussaufwärts.

Erstaunt verfolgten Hen und ich diesen würdelosen Aufbruch.

»Was ist bloß der Grund dafür?«, fragte Hen.

»Ich bin nicht sicher«, antwortete ich. »Lass uns nachsehen.«

Erst als die Besucher außer Sicht waren, spazierten wir in den Südosten. Es herrschte gespenstische Ruhe, und nichts deutete darauf hin, dass sich dort nur zehn Minuten zuvor eine Horde wilder Kerle herumgetrieben hatte. Die einzigen Anzeichen für Besiedlung waren die hinterlassenen Spuren von Aldebaran und seinen Leuten. In der vergangenen Woche hatte sich das platt gedrückte Gras schon etwas erholt. Dennoch waren deutliche Abdrücke von unzähligen Zelten zu erkennen. In alle Richtungen dehnten sich diese Spuren aus, die die Geschichte einer erst kürzlich abgereisten, gewaltigen Macht erzählten. Die Vorstellung, die sie heraufbeschworen, musste Hogust abgeschreckt haben – daher sein überstürzter Rückzug.

In Wahrheit lagen die Dinge selbstverständlich ein wenig anders: Die Abdrücke im Gras waren die letzten Spuren einer untergehenden Macht, die sehr wahrscheinlich niemals mehr zurückkehren würde. Hätte Hogust sich dazu entschlossen, hätte er so lange dort bleiben können, wie er wollte. Doch zu seinem eigenen Schaden war er offenbar seiner Fantasie erlegen.

Doch dieser Zwischenfall hatte wieder einmal gezeigt, wie unabdingbar es war, im Südosten dauerhaft Stellung zu beziehen. Diese Rolle erforderte im Idealfall eine Person mit Profil: jemanden, dessen natürliche Autorität das unstrittige Anrecht vermittelte, an diesem Ort zu sein; jemanden, dessen Zelt eher majestätisch als angeberisch war; prachtvoll, aber nicht erdrückend. Erst wenn dieses erreicht wäre, würden die anderen Anwohner sich weniger bedrängt fühlen; und erst dann würden Außenseiter wie Hogust davon abgehalten, hier ihr Glück zu versuchen.

Wie sich herausstellte, sahen wir den Typen bald wieder. Am nächsten Morgen legten seine Boote im Nordosten an, und abermals trugen die Männer ihr Gepäck an Land. Sie ließen Hartopp, der ihnen aus der Nähe zusah, vollkommen links liegen; dann begannen sie ohne auch nur ein verbindliches Wort, ihr Lager direkt neben seinem aufzuschlagen. Überflüssig zu erwähnen, dass sie diese Aufgabe nicht leise anpackten: Jeder noch so unbedeutende Handgriff ging mit Geschrei, Unfug und allgemeinem Gelärme einher. Barbarische Wimpel schmückten ihre hässlichen, grellbunten Zelte, die sie ohne Plan und dicht beieinander – mit kaum einem Zwischenraum – aufschlugen. Es war ein arges Gedränge, und als sie endlich fertig waren, klebten sie förmlich mit dem Hintern an Hartopps peinlich ordentlichem Lager.

Hartopp war verständlicherweise entsetzt, doch, wie er später anmerkte, konnte er nichts dagegen unternehmen. Hogust und seine Kumpane hatten das gleiche Recht, auf dem Feld zu siedeln, wie jeder andere.

»Uns bleibt keine Wahl«, sagte Hartopp resigniert. »Ich fürchte, wir müssen lernen, mit ihnen zu leben.«

Warum Hogust beschlossen hatte, sich in unmittelbarer Nähe niederzulassen, blieb sein Geheimnis. Die einzige Erklärung, die mir einfiel, war, dass er Hartopps kieloben gelagerte Boote gesehen hatte und in ihm den Seglerkollegen erkannte. Aber der Gedanke, sich ihm vorzustellen, kam Hogust nicht. Stattdessen schnüffelte er, nachdem er sich eingerichtet hatte, in der Gegend herum, vermutlich auf der Suche nach etwas, das er plündern konnte. Irgendwann marschierte er in das Brennnesseldickicht – das Brennen machte ihm offenbar nichts aus – und inspizierte die Boote. Er klopfte die Bootskörper ab, untersuchte die Kiele auf Anzeichen von Fäulnis und strich mit den Händen über die Farbe, als überlege er, ob die Boote es wert seien, geborgen zu werden. Ich hätte ihm sagen können, dass sie in hervorragendem Zustand waren (das konnte bei Hartopp gar nicht anders sein); aber darum ging es nicht. Offensichtlich war Hogust jede Vorstellung von Privateigentum fremd. Und ebenso offensichtlich war, dass Hartopp ein wachsames Auge auf ihn haben musste.

Unterdessen waren einige aus der Truppe auf Erkundungstour des Feldes gegangen. Irgendwann stießen sie auf den Graben, der ihnen den Weg versperrte. Auch er war mittlerweile dicht mit Nesseln bewachsen; aber sie sprangen einfach über ihn hinweg und kletterten die grasbewachsene Böschung hinauf. Dort blieben sie stehen und schauten in den Süden, aber aus irgendeinem Grund wagten sie sich nicht weiter vor. Ich konnte sie von meinem Zelt aus sehr gut sehen und bemerkte, dass sie alle buschige Augenbrauen hatten. Sie grinsten mich kurz an, und ich nickte ihnen zu; dann kehrten sie auf demselben Weg zurück, den sie gekommen waren. Anscheinend waren sie fürs Erste weit genug herumgestreift.

Es war schwer zu sagen, ob sie ein dauerhaftes Ärgernis bleiben oder sich nach ein paar Tagen beruhigen würden. Leider waren die Aussichten nicht sehr vielversprechend. Dem Lärm nach zu urteilen, war ihnen Rücksichtnahme auf die Leute in ihrer Umgebung vollkommen fremd. Selbst bei Anbruch der Dunkelheit wurde es nicht besser: Das Getöse dauerte den ganzen Abend, als sie am Ufer zechten und sich balgten. Ich lag wach in meinem Zelt und dachte über das friedliche Leben nach, das wir hier einst hatten – bevor ohrenzerreißende Hörner ertönten, dröhnend gehämmert und wild gelacht wurde –, und als das leise Wehen des Windes das einzige Geräusch gewesen war. Aber diese Tage lagen lange zurück.

Irgendwann mussten selbst Hogust und seine Männer schlafen. Sie legten sich nach Mitternacht nieder, und endlich senkte sich Stille über das Feld. Eine Weile lauschte ich noch, um mich zu überzeugen, dass niemand auf Beutezug war. Und in der Tat hörte ich etwas: Es klang wie ein entferntes Murmeln oder Flügelschlagen; doch dann verstummte auch das. Ich grübelte über das

Thema Neuankömmlinge nach und erkannte, dass Hartopp wahrscheinlich recht hatte: Wir würden einfach lernen müssen, mit ihnen zu leben. Schließlich fiel ich in tiefen Schlaf.

Am Morgen weckte mich das Sonnenlicht, das gedämpft durch meine Zeltwände fiel. Alles war ruhig, und ich nahm an, die Männer mit den Langbooten schlummerten noch. Der hohe Sonnenstand zeigte mir, dass ich viel länger geschlafen hatte als sonst; und so stand ich wenig später auf. Ich öffnete das Zelt, sah hinaus und erblickte im Südosten ein strahlend weißes Zelt.

Ich traute meinen Augen nicht, aber es war tatsächlich so. Das Zelt stand genau an seiner alten Stelle, mit herrlichem Ausblick auf den Fluss, und passte bestens zu der üppigen Umgebung. Außerdem hatte es noch immer jene Aura von Zeitlosigkeit, als stünde es seit Ewigkeiten dort und nicht erst seit ein paar Stunden. Die Pracht dieses Zeltes war unbeschreiblich. Es war majestätisch und elegant und strahlte eine gewisse Ruhe auf das Große Feld aus; aus diesen Gründen war ich froh, es wieder dort zu sehen.

Doch meine Begeisterung erhielt einen Dämpfer, als sich die Zelttür öffnete und Thomas heraustrat. Er war wie gewöhnlich barfuß und in wallende weiße Gewänder gehüllt. Er blieb kurz stehen, und ich wartete darauf, dass er wie üblich einen weitschweifenden Blick auf das Feld warf. Doch stattdessen drehte er sich um und redete mit jemandem im Inneren des Zelts. Ich war überrascht, denn in der Vergangenheit war er immer alleine unterwegs gewesen; sein Selbstwertgefühl war so aufgebläht, dass ich nie gedacht hätte, er brauche Gesellschaft.

Mit wachsendem Interesse verfolgte ich, wie die Unterhaltung ihren Fortgang nahm. Thomas stand mittlerweile recht nahe am Zelteingang, mit eingezogenen Schultern und gestreckten Armen; und allmählich begriff ich, dass es sich hier nicht um eine Unterhaltung, sondern um ein Streitgespräch handelte. Und nach seiner merkwürdigen Körperhaltung zu schließen, war er der Unterlegene. Die Person im Zeltinneren las ihm offenbar die Leviten; und ich fragte mich, was er wohl angestellt hatte, dass er solche Vorhaltungen verdiente. Hätte er nur ein wenig die Stimme erhoben, hätte ich ein paar Einzelheiten aufgeschnappt; aber Thomas, das musste man ihm zugestehen, blieb ruhig und zuckte nur mit den Schultern, als gebe er sich geschlagen. Unmittelbar darauf ging er zur Furt. Ich wusste nicht, ob er mich aus meinem Zelt spähen sah; falls doch, ließ er sich zumindest nichts anmerken. Doch ich ahnte, dass es ihm lieber war, wenn niemand seine Niederlage mitbekommen hatte. Und so trat ich ein wenig in das Halbdunkel meines Zelts zurück.

Ich rechnete damit, dass Thomas, an der Furt angekommen, sofort ins Wasser gehen und hinüber auf die andere Seite waten würde, wie er es unzählige Male in der Vergangenheit getan hatte. Doch heute blieb er plötzlich am Ufer stehen und schaute nach Süden. Es gab nichts zu sehen. Abgesehen von ein paar vereinzelten Bäumen, waren die Felder auf der anderen Flussseite recht öde; Thomas betrachtete noch immer den Horizont. Daraus schloss ich, dass er auf jemanden wartete. Wer auch immer das war, er war deutlich überfällig. Es ging auf Mittag zu, und die Sonne stieg allmählich in ihren Zenit, doch noch immer war niemand zu sehen. Thomas wurde zunehmend ungeduldig. Er marschierte am Ufer auf und ab und warf gelegentlich einen Blick auf das strahlend weiße Zelt; dann setzte er seinen Wachgang fort.

Doch mittlerweile beachtete ich Thomas und seine Sorgen schon fast nicht mehr. Im Laufe des Vormittags war im Nordosten neuer Tumult entstanden, als Hogusts Kumpane den neuen Tag begrüßten. Nicht enden wollendes Getöse und Gerumpel durchbrachen die Stille, und irgendwann beschloss ich hinüberzugehen, um Hartopp ein wenig moralische Unterstützung zu leisten. Ich bahnte mir einen Weg zwischen den kreuz und quer stehenden Zelten hindurch, um zu seinem bedrängten Lager zu gelangen, und traf ihn bei seinem täglichen Kontrollgang an. Offensichtlich tat er sein Bestes, um seinen gewohnten Tagesablauf aufrechtzuerhalten. Doch war das angesichts der ständigen Plänkeleien und Auseinandersetzungen nicht einfach. Bislang war Hartopps Besitz unversehrt geblieben, doch er gestand mir, dass seine Nerven blank lägen. Und in der Tat war er so verstört, dass er gerade erst die Rückkehr des strahlend weißen Zelts bemerkt hatte. Er war bestürzt.

»Ich hatte gehofft, Hogust würde sich im Südosten niederlassen«, sagte er. »Davon kann jetzt keine Rede mehr sein.«

Weiter oben am Fluss lagen mehrere Langboote am

Ufer. Sie hatten wie zum Aufbruch für einen Raubzug die Segel gesetzt, doch blieben sie an Ort und Stelle.

»Sie hissen in einem fort die Segel und holen sie wieder ein«, erklärte Hartopp. »Muss eine Angewohnheit sein.

Unter den Männern, die sich um die Langboote versammelt hatten, bemerkte ich auch Hollis und Eldred. Sie schienen völlig gefesselt von dem Anblick und fühlten sich in der fremden Gesellschaft offenbar ganz wohl. Ich sah darin ein positives Anzeichen für ihre künftige Integration. Hartopp hingegen war weniger optimistisch.

»Bestimmt ein ganz schlechter Einfluss«, bemerkte er. »Ich will nicht, dass meine Jungen für irgendeinen Einsatz flussabwärts segeln.«

»Nein«, sagte ich. »Das verstehe ich.«

»Dann würde ich sie wahrscheinlich niemals wiedersehen.«

»Ja.«

Hartopps Politik, lernen zu wollen, mit den Neuankömmlingen zu leben, hatte ganz eindeutig ihre Grenzen. Und so hielt ich einen Themenwechsel für angemessen.

»Übrigens habe ich Brigant in letzter Zeit gar nicht gesehen«, sagte ich.

»Nun ja«, antwortete Hartopp. »Das geht auch gar nicht. Kurz nach der Ankunft der Langboote hat er sich mit Kopfschmerzen in sein Zelt zurückgezogen.«

»Ach.«

»Bis er wieder auf den Beinen ist, können Tage vergehen.«

»Eher Wochen, so wie ich Brigant kenne.«

»Ja«, sagte Hartopp. »Vielleicht.«

Bei dieser Nachricht musste ich unwillkürlich lächeln: In Zukunft würde Brigant es sich zweimal überlegen müssen, ehe er jemanden als *weichlich* bezeichnete.

Während unseres Gesprächs hatte ich Hogust allein am Flussufer stehen sehen. Er hatte bereits ein-, zweimal in unsere Richtung geschaut und kam jetzt entschlossen auf uns zu.

»Da schau her«, sagte ich leise, als er näher kam. »Sieht so aus, als führe er etwas im Schilde.«

Hogust kam es nicht in den Sinn, sich uns vorzustellen.

»Okay«, wandte er sich direkt an Hartopp. »Ein Vorschlag an dich. Eines meiner Boote gegen eines von dir.«

»Tut mir leid«, antwortete Hartopp. »Die stehen nicht zum Verkauf.«

Sofort verzog Hogust unwillig das Gesicht.

»Ich hab doch nichts von Verkauf gesagt, oder? Oder hab ich davon was gesagt? Nein, hab ich nicht. Ich rede von einem glatten Tausch.«

»Das kommt aufs Gleiche raus«, erwiderte Hartopp. »Tut mir leid.«

Daraufhin wandte Hogust sich an mich.

»Ein glatter Tausch klingt doch ganz fair, oder? Was meinst du?«

»Doch, schon«, sagte ich. »Im Prinzip ist das fair.«

Kaum waren die Worte heraus, da funkelte Hartopp mich an, als wäre ich ihm in den Rücken gefallen. Und mir wurde mit einem Mal klar, dass Hogust ein gerissener, mit allen Wassern gewaschener Verhandlungspartner war. Ganz offenbar benutzte er mich, um Hartopps Widerstand auf eine harte Probe zu stellen. Er stand sehr nah vor uns und sah uns aus seinen Augen unter den buschigen Brauen prüfend an; erst Hartopp, dann mich, dann wieder Hartopp.

»Das Problem ist nur«, fügte ich rasch hinzu, »dass es hier nicht um Fairness geht.«

Hogust war von meinen Worten sichtlich beeindruckt. Schweigend blickte er zu Boden, bis er schließlich seufzte.

»Um Fairness geht es also nicht«, wiederholte er. »Wie wär's dann mit Dankbarkeit? Ich wollte dem Mann nur einen Gefallen tun.«

Ich hatte den Eindruck, diese Bemerkung war nichts als ein weiterer Trick aus Hogusts Repertoire; ein Versuch, Sympathien zu gewinnen. Glücklicherweise ließ Hartopp sich nicht darauf ein und machte klar und deutlich, dass die Verhandlungen beendet seien.

»Trotzdem vielen Dank«, sagte er. »Aber nein, danke.«

Offensichtlich war Hogust nicht daran gewöhnt, dass ihm jemand die Stirn bot; ich merkte, dass Hartopp sich dadurch bei ihm Respekt verschafft hatte. Dennoch ließ Hogust nicht locker.

»Weißt du was?«, sagte er in einem letzten Versuch. »Ich gebe dir noch ein paar Tage zum Nachdenken.«

Hartopp erwiderte nichts, und eine Weile standen wir drei da und blickten gedankenverloren auf das weiße Zelt in der Ferne, das im Südosten strahlte. Es wurde zum Teil von dem Erddamm verdeckt, der das Feld sehr wirksam teilte und den die Leute im Norden nur den »Erdwall« nannten. Die Folge davon war, dass das weiße Zelt einer vollkommen anderen Welt anzugehören schien. Es stand allein und abgeschieden in der Ferne, sodass der Gegensatz zu den dicht gedrängten Siedlungen im Nordosten nicht hätte größer sein können.

»Dieser Erddamm«, sagte Hogust und durchbrach damit das Schweigen, »versperrt den freien Zugang in den Süden, stimmt's?«

»Genau«, antwortete Hartopp. »Und genau deswegen ist er auch gebaut worden.«

»Und als Drainage zum Ableiten des Regenwassers«, ergänzte ich.

»Als Drainage?«, fragte Hogust nach. »Und für wen soll das gut sein?«

»Für die Leute im Südosten«, erwiderte ich. »Obwohl das Konzept noch nicht auf die Probe gestellt worden ist.«

»Wieso?«

»Weil es seit Ende der Bauarbeiten nicht mehr geregnet hat.«

»Verstehe.«

»Dieses ganze Gerede vom Ableiten des Regenwassers war doch nur ein Vorwand«, erklärte Hartopp. »In Wirklichkeit ging es darum, uns draußen zu halten.«

»Genau den Eindruck macht mir das Ganze auch«, pflichtete Hogust ihm bei. »Ein Verteidigungsbollwerk ist das.«

»Aber der Graben durchzieht doch nicht einmal das ganze Feld«, wandte ich ein. »Im Westen kann man ihn ganz einfach umgehen.«

»Das kann schon sein«, sagte Hogust. »Aber ein Wall ist ein Wall.«

»Genau«, sagte Hartopp.

Es entstand eine kurze Pause, in der Hogust den Erddamm nachdenklich betrachtete.

»Was man wirklich braucht«, sagte er schließlich, »sind hier und da Sicherheitsschleusen.«

Hartopp nickte, und mir fiel auf, dass zwischen ihm und Hogust eine gewisse Nähe entstand. Ich hatte keine Ahnung, was eine Sicherheitsschleuse war; doch nahm ich an, dass es sich um eine Art Bresche im Wall oder einen Durchlass handelte. Schon bald waren die beiden in ein Gespräch verwickelt, wie man dabei am besten zu Werke gehen könne; und mir wurde klar, dass es bei so vielen verfügbaren Männern kein Problem sein würde, die Idee umzusetzen. Ob den Worten auch Taten folgen würden, war eine ganz andere Geschichte. Ich überließ die beiden ihrem Pläneschmieden und ging zu meinem Zelt.

Ich war eine gute Stunde fort gewesen und daher überrascht, als ich Thomas noch immer an der Furt stehen und nach Süden blicken sah. Der Eingang zu seinem Zelt blieb unterdessen fest verschlossen. Da ich die Situation sehr verwirrend fand, stattete ich schließlich Hen einen Besuch ab und fragte ihn, was er davon halte.

»Wenn ich das wüsste«, sagte er. »Ich habe Thomas den ganzen Nachmittag beobachtet. Er hat seinen Posten nicht ein einziges Mal verlassen.«

»Vielleicht erwartet er eine wichtige Person«, meinte ich.

»Ja, wahrscheinlich«, sagte Hen. »Auch wenn ich mir nicht vorstellen kann, wer das sein sollte.«

»Ich auch nicht.«

Hens Zelt stand ganz in der Nähe, und ich sah, dass er in den letzten Tagen eine zusätzliche Plane darübergelegt hatte.

»Das trockene Wetter wird nicht ewig anhalten«, gab er zur Erklärung ab. »Schon ganz bald steht uns ein Platzregen bevor.«

Solange ich ihn kannte, gab Hen derartige Äußerungen von sich, und ich hatte mich an seine Wetterprophezeiungen gewöhnt. Im Allgemeinen beachtete ich sie kaum, denn es war fast unmöglich, das Wetter für das Große Feld vorauszusagen. Doch heute ließ Hens ernster Tonfall darauf schließen, dass seine düstere Vorhersage sich vielleicht erfüllen würde. Mir fiel ein, dass ich noch keinerlei Vorkehrungen für den Herbst getroffen hatte, und beschloss, mich in den nächsten Tagen damit zu befassen. Noch während ich darüber nachdachte, langte Hen in sein Zelt und förderte eine Blechdose zutage.

»Ein Keks gefällig?«, fragte er.

»O ja, gerne«, antwortete ich. »Ich wusste gar nicht, dass du welche hast.«

»Eine neue Errungenschaft.«

Der Keks, den er mir anbot, kam mir in Größe, Form und Beschaffenheit bekannt vor und hatte den Buchstaben J eingeprägt.

»Ach«, sagte ich. »Solche Kekse habe ich schon mal irgendwo gesehen.«

»Das denke ich mir«, sagte Hen. »Ich habe bei Yadegarian einige Vorräte gegen Kekse eingetauscht.«

»Gute Idee.«

»Das wird ihn hoffentlich ermuntern, mehr davon zu backen.«

Hen verschloss die Blechdose und stellte sie weg.

»Bist du mir böse, wenn ich ihn mir für später aufhebe?«, fragte ich.

»Nein, natürlich nicht«, sagte er. »Ganz wie du möchtest.«

Ich bedankte mich noch einmal bei ihm und kehrte dann zu meinem Zelt zurück, wo ich den Keks an einen sicheren Ort legte (neben meinen Teller und den Löffel).

Unten an der Furt schien Thomas' langes Warten endlich ein Ende zu haben. Er marschierte nicht mehr auf und ab, sondern sah jetzt gebannt in die Ferne. Ich folgte seinem Blick und entdeckte bald einen Trupp Männer, die mit Gepäck beladen aus dem Süden herannahten. Sofort ging Thomas ins Wasser und watete hinüber, um sie zu begrüßen. Er wirkte recht angespannt, als sei er sich bei den Neuankömmlingen nicht ganz sicher; und als sie ihn umringten, staunte ich unwillkürlich über ihre Größe. Er begrüßte zwei von ihnen mit zurückhaltendem Handschlag, und sie unterhielten sich kurz; dann machte er kehrt und führte den ganzen Trupp zum Großen Feld. Obwohl es unterdessen dämmerte, konnte ich, als sie sich dem Ufer näherten, ganz deutlich erkennen, dass sie alle Eisenhelme trugen. Thomas sprach kurz mit ihnen, woraufhin sie sie absetzten und verstauten.

Noch etwas fiel mir auf. Zwischen all dem schweren

Gepäck bemerkte ich zwei, drei delikate Gegenstände. Mich durchfuhr ein merkwürdiges Gefühl, als ich ein Federbett (von einer Seidenkordel zusammengehalten), einen Gobelin (in Drillich eingewickelt) und eine Reihe von Samtkissen (lose) erkannte.

Es wurde dunkel, und Thomas geleitete seine Gäste in den Südosten, wo sie begannen, ihr Lager aufzuschlagen. Unterdessen nahmen Hogusts Leute jenseits des Walls ihre üblich wüsten Gelage auf und schienen die Neuankömmlinge nicht einmal bemerkt zu haben. Es war wie immer: Die Störungen zogen sich ohne Unterbrechung bis in die Nacht hinein. Als ich zu Bett ging, hörte ich sie noch immer im Mondschein herumtollen.

Überflüssig zu erwähnen, dass ich sehr schlecht schlief; doch nicht Hogust hielt mich wach. Der Anblick von Isabellas Habseligkeiten ließ mich nicht los, und ich fragte mich, wo sie wohl sein mochte, auch wenn ich die Antwort ahnte. Bei Morgengrauen gab ich jeden Versuch auf, doch noch einzuschlafen, und ging hinaus. Drüben im Südosten umgab ein Ring aus Zelten Thomas' Luxusresidenz. Er selbst war weit und breit nicht zu sehen, auch Hen und die anderen nicht. Im Augenblick hatte ich das Feld ganz für mich allein, und so beschloss ich, die friedliche Ruhe zu genießen.

Eines stand fest: Ich hatte nicht die Absicht, mich von irgendeinem Teil des Feldes ausgrenzen zu lassen, nur weil es Thomas eingefallen war zurückzukehren. Ich konnte gehen, wohin immer ich wollte; deshalb schlenderte ich hinüber, um mir die neu errichteten Zelte aus der Nähe anzusehen, in denen die Bewohner wahrscheinlich noch schliefen; und so schlich ich mich heran und inspizierte sie. Das Zelt in meiner unmittelbaren Nähe war beige-türkis, hatte steil aufragende Wände und ein spitzes Dach. Ein anderes war orange-lila. Seinem verwitterten Zustand nach zu urteilen, hatte es viele Reisen hinter sich, und ich stellte mir vor, dass es bei unzähligen Expeditionen zu weit entfernten Orten eingesetzt worden war. Der Rand des Zeltdachs hatte ringsum eine verzierte Kante, und auf seiner Spitze flatterte ein gezackter Wimpel. Ich bemerkte sein ungewöhnliches Aussehen und stellte mich auf die Zehenspitzen, um ihn genauer zu betrachten. Augenblicklich packte mich jemand an den Knöcheln und zog mir die Füße weg, sodass ich geradewegs flach aufs Gesicht fiel. Rasch wurden mir die Arme auf den Rücken gedreht, dann spürte ich, dass mir der Angreifer sein Knie in den Nacken stemmte. Ich konnte mich nicht mehr rühren und bekam kaum noch Luft.

Sekunden später raunte mir eine Stimme ins Ohr: »Du hast doch nicht etwa vor, deine Nase in meine Angelegenheiten zu stecken?«

Als ich nicht antwortete, drückte mich das Knie noch fester nach unten, sodass ich schließlich den Kopf schüttelte.

»Heißt das ›nein‹?«

Mir gelang ein Nicken.

»Ausgezeichnet«, sagte die Stimme. »In Zukunft wünsche ich keine Kommentare, Übergriffe oder Einmischungen. Dir muss ein für alle Mal klar sein, dass es dich nichts angeht, was ich tue oder wohin ich gehe. Hast du das kapiert?«

Ich nickte noch einmal und durfte endlich wieder frei atmen. Der Druck auf meinen Nacken hörte auf, und meine Arme wurden losgelassen, aber ich blieb noch eine Weile mit dem Gesicht im Gras liegen. Ich stand unter leichtem Schock, zum einen wegen der lässig routinierten Gewaltanwendung, zum anderen weil die Stimme Isabella gehörte.

»Nun komm schon«, sagte sie schließlich. »Steh auf.«

»Na gut. Warte kurz.«

Ich stand langsam auf, klopfte meine Kleider ab und ließ dann den Blick übers Feld schweifen.

»Mach dir keine Gedanken«, sagte Isabella. »Es sieht uns niemand zu.«

Sie war von Kopf bis Fuß in leuchtendes Rot gekleidet und stand mit den Händen in die Hüften gestemmt da und musterte mich.

»Wie hast du das angestellt?«, fragte ich. »Du bist kleiner als ich.«

»Ich habe mir auf meinen Reisen das eine oder andere angeeignet«, erklärte sie.

»Und da hast du dir gedacht, warum ihm nicht eine Lektion erteilen.«

»Genau.«

»Obwohl ich nichts getan habe.«

»Nein, noch nicht«, sagte sie. »Aber dein Register vergangener Taten flößt nicht gerade Vertrauen ein. Man könnte es also eine Vorsichtsmaßnahme nennen.«

Aus dem Zelt tönte geräuschvolles Grunzen, dann ein Gähnen. Jemand war gerade wach geworden; Isabella legte den Zeigefinger an die Lippen, und wir gingen ein Stück beiseite.

»Also«, sagte sie. »Du kümmerst dich um deine Angelegenheiten und ich mich um meine. Es gibt somit keinen Grund, warum sich unsere Wege noch einmal kreuzen sollten.«

»Ist das dein letztes Wort?«

Isabella sah mich an und schüttelte betrübt den Kopf, aber sie hatte dem nichts mehr hinzuzufügen. Stattdessen drehte sie sich um und ging schweigend davon. Als ich ihr nachsah, überlegte ich, ob sie vielleicht das Gegenteil von dem meinte, was sie soeben gesagt hatte; vielleicht hatte sie mich eben auf eine derbe Art umworben und mir indirekt Schöneres in Aussicht stellen wollen. Doch meine Hoffnungen zerbrachen, als sie beim strahlend weißen Zelt angekommen war und geschmeidig hineinschlüpfte.

Unterdessen wurde das Grunzen und Gähnen immer lauter und eindringlicher; darum ging ich rasch zum Fluss und folgte ihm in Richtung Westen. Ich kam gerade an Hens Zelt vorbei, als er heraustrat und mir einen guten Morgen wünschte. Ich brachte kaum ein Wort über die Lippen, murmelte aber doch eine Nettigkeit, und nebeneinander stehend schauten wir in den Südosten.

»Thomas hat Gesellschaft, habe ich gesehen«, sagte Hen.

Ich nahm an, dass er die neuen Zelte meinte, aber

sicher war ich nicht. Hen wusste oft mehr, als er durchblicken ließ.

»Ja«, sagte ich. »Seit gestern am späten Nachmittag.«

»Die Betonung liegt auf ›spät‹«, sagte Hen. »Kein Wunder, dass Thomas so lange auf und ab gelaufen ist.«

Mittlerweile war die Sonne aufgegangen. Überall auf dem Feld erklangen die Geräusche des neuen Tages, und bald trat Thomas aus dem strahlend weißen Zelt. Kurz darauf folgte ihm Isabella.

»Ich traue meinen Augen nicht!«, rief Hen.

Offenkundig hatte er von Isabellas Anwesenheit nichts gewusst; und dass sie sich seit ihrer Rückkehr so selten blicken ließ, war merkwürdig, musste ich zugeben. Sie war ja schließlich kein Mauerblümchen. Doch mit einem Mal kannte ich die Antwort: Sie hatte darauf gewartet, ihre persönlichen Gegenstände wieder um sich zu haben. Sie war erst zufrieden, als Federbett, Wandteppich und die Samtkissen wieder dort waren, wo sie hingehörten. Mir wurde klar, dass das Zeltinnere für Isabella viel wichtiger war als die äußere Umgebung.

Dafür, dass sie gerade erst bei ihm eingezogen war, schenkte Thomas ihr bemerkenswert wenig Beachtung. Er stand mit dem Rücken zu Isabella, ließ seinen Blick in der für ihn typischen Art über das Feld schweifen und entdeckte schließlich den Damm. Sofort spazierte er hinüber, um ihn sich aus der Nähe anzusehen. Ich sah ihm fasziniert zu, als er ihn der Länge nach von Ost nach West abschritt, von allen Seiten kritisch beäugte und ihn im Ganzen taxierte. Mittlerweile fügte der Bau sich gut in die Umgebung ein; er war schön mit Gras bewachsen;

und ich war stolz auf meine Rolle bei seiner Entstehung. Daher ärgerte ich mich maßlos über Thomas, der ein besitzergreifendes Interesse an den Tag legte. Es stimmte, er war der Hauptnutznießer des Drainagesystems; doch hatten die ganze Organisation, die harte Arbeit, all die Missverständnisse und Streitigkeiten nicht ausschließlich dazu gedient, dass er trockenen Fußes herumstolzieren konnte.

Was die Neuen über ihren bärtigen, in wallende Gewänder gehüllten Gastgeber dachten, war völlig offen. Jedenfalls hatte Thomas sie hierher eingeladen; sie flößten Respekt ein, und ich konnte mir nicht vorstellen, dass sie barfuß über die Wiese spazieren würden (eher in schweren Stiefeln). Der genaue Zweck ihres Besuchs war vollkommen unklar; und als ich zu ihren im Kreis stehenden Zelten blickte, fragte ich mich, wie lange sie wohl beabsichtigten zu bleiben. Da ich sie heute Morgen noch nicht zu Gesicht bekommen hatte, vermutete ich, dass sie sich von ihrer beschwerlichen Reise erholten. Sicher würden sie früher oder später auftauchen.

Drüben, jenseits des Damms, war alles wie immer. Lautes Rufen und Geschrei signalisierten, dass Hogusts Leute auf den Beinen waren und Chaos anrichteten. Ich hatte bereits gesehen, dass man am Ufer Segel setzte, nur um sie bald darauf wieder einzuholen. Das war typisch für ihre Lebensweise. Meiner Beobachtung nach waren sie ruhelose Leute, die einfach nicht genug zu tun hatten und deswegen permanent störten. Der arme Hartopp war eine Art Pufferzone und wirkte gewissermaßen beruhigend. Trotzdem würden sie früher oder später aus dem Nordosten ausbrechen und in den Süden wandern: Das weite, üppige Grasland war einfach zu verführerisch.

Natürlich gab es eine Sache, die die Leute im Norden einte. Ohne Ausnahme betrachteten sie den Damm als Verteidigungsbollwerk. In ihren Augen war er ein Sicherheitswall zwischen dem oberen und dem unteren Feld, und man hatte ja bereits erwogen, ihn zu durchbrechen. Ich war unsicher, ob ein solcher Plan angesichts der jüngsten Ereignisse die wechselseitigen Beziehungen verbessern oder einfach nur für Feindseligkeit sorgen würde. Einstweilen beschloss ich, wenigstens herauszufinden, wie weit der Plan gediehen war. Bei meiner letzten Begegnung mit Hartopp und Hogust hatten die beiden das Projekt ernsthaft diskutiert, und so begab ich mich recht eilig in den Nordosten.

Auf halber Strecke begegnete ich Brigant. Er hatte seinen selbst erwählten Rückzug von der Welt beendet und war wieder zugänglich für Gesellschaft. Ich brauchte gar nicht zu fragen, wie es ihm ging. Seine einleitenden Worte waren scharf und spitz und der beste Beweis dafür, dass er wieder wohlauf war.

»Er ist also wieder da, unser Schönwetterfreund«, sagte er.

»Meinst du Thomas?«, erwiderte ich. »Ja, schon seit ein paar Tagen.«

»Wenn's regnet, bekommt man ihn nicht zu Gesicht, stimmt's?«, fuhr Brigant fort.

»Nein, ich glaube nicht.«

»Oder wenn es richtig stürmt.«

»Nein.«

»Wie ich gerade sagte: ein Schönwetterfreund.«

Offenbar hatte Brigant die jüngsten Ereignisse wegen seiner Unpässlichkeit nicht mitbekommen. Er war, was den Klatsch anging, nicht auf dem neuesten Stand; und wenn er das nächste Mal nach Süden blicken würde, träfe ihn der Schlag. Doch ich hielt mich bedeckt: Er würde alles noch früh genug selbst herausfinden.

Als ich im Nordosten ankam, stellte ich erfreut fest, dass man die Pläne für einen Dammdurchbruch auf Eis gelegt hatte. Hartopp und Hogust standen zwar weiterhin in einem herzlichen Verhältnis zueinander, aber sie hatten sich nicht darauf einigen können, wer das Projekt leiten sollte. Hartopp hatte mit Hollis und Eldred ohnehin genug um die Ohren. In einem fort bettelten sie um die Erlaubnis, mit ihren Booten flussabwärts auf Abenteuerreise gehen zu dürfen. Bislang hatte er sich ihrem Wunsch widersetzt, aber er war sich nicht sicher, wie lange er das noch durchhalten konnte.

»Sie glauben, das Leben auf dem Segelboot sei Spiel und Spaß«, sagte er. »Sie haben ganz vergessen, was für eine Plackerei es ist, gegen den Strom zurückzukehren.«

Unterdessen hatte Hogust ein weiteres Angebot für Hartopps Boote abgegeben. Diesmal wollte er alle drei.

»Warum ist er so scharf darauf?«, fragte ich.

»Weil seine Langboote ganz heruntergekommen sind«, antwortete Hartopp. »Er ist seit Jahren mit ihnen unterwegs.«

»Und wie lautet sein Angebot? Glattes Tauschgeschäft?«

»Genau.«

»Aber die Antwortet lautet immer noch ›nein‹.«

»Ganz genau«, sagte Hartopp. »Ich bin doch nicht von gestern.«

»Stimmt.«

»Ich brauche Boote, die was taugen, keine Ausflugsschaluppen.«

Er seufzte erschöpft. Ihm ging sicher vieles durch den Kopf, und die Anspannung hinterließ ihre Spuren. Von der Sorge um Hollis und Eldred abgesehen, musste er auch ständig seine chaotischen Nachbarn im Auge behalten. Wegen Hogust und seiner Leute war der gesamte Nordosten in Aufruhr geraten. Hartopp stand von allen Seiten unter Druck, und genau aus diesem Grund war seine Standfestigkeit umso bewundernswerter.

»Ach, übrigens«, merkte er an. »Ich habe gesehen, dass über Nacht einige neue Zelte dazugekommen sind.«

»Genau genommen stehen sie seit gestern am späten Nachmittag da«, sagte ich. »Es dämmerte bereits.«

Es sollte nicht so klingen, als berichtigte ich Hartopp, aber leider kamen meine Worte genau so an.

»Meinetwegen«, zischte er nahezu tonlos. »Dann dämmerte es eben bereits. Das macht doch kaum einen Unterschied, oder?«

»Für Isabella schon«, verkündete ich. »Man hatte sie stundenlang warten lassen.«

Als er ihren Namen hörte, riss Hartopp die Augen weit auf.

»Sie ist also wieder hier?«, fragte er leise.

»Ja«, antwortete ich.

»Und warum hast du mir das nicht früher gesagt?«

Er machte ein Gesicht, als hätte ich ihn hintergangen, und mir wurde klar, dass ich meine Worte künftig noch sorgfältiger wählen musste. Außerdem hatte ich noch Isabellas Drohung im Ohr, mich bloß nicht mehr in ihre Privatangelegenheiten einzumischen. Wenn ich ganz ehrlich war, hatte ich mich eigentlich schon viel zu weit vorgewagt, aber ich wollte nicht alles noch schlimmer machen.

»Das ging nicht«, sagte ich. »Nicht unter den gegebenen Umständen.«

Hartopp sah mich eindringlich an, wandte sich dann ab und schaute in Richtung Süden.

»Und wo ist ihr leuchtend rotes Zelt?«, fragte er. »Ich sehe es nicht.«

Wieder musste ich ihm eine Antwort schuldig bleiben.

Im Südosten erkundeten einige der Neuen das Flussufer. Sie streiften langsam und bedächtig umher und verströmten unaufdringliche Autorität. In einiger Entfernung, genau an der Biegung des Flusses, stand Thomas. Er unterhielt sich mit zwei Männern (sie sahen aus wie die beiden, denen er am Tag zuvor die Hand geschüttelt hatte), und ihr Gespräch zog sich hin. Währenddessen trat Isabella aus dem strahlend weißen Zelt und begann mit einer Reihe von Dehn- und Beugeübungen.

Hartopp sah mich an. Er war blass geworden.

»Sie ist also mit ihm zusammen?«

»Ja«, sagte ich.

»Anscheinend erfahre ich das als Letzter«, sagte er feierlich. »Das zeigt doch deutlich, was sie von mir hält.«

Ich erwiderte nichts. Hartopp war ganz offensichtlich erschüttert über das, was er soeben gesehen hatte; darum suchte ich verzweifelt nach etwas, das ihn von seinen finsteren Gedanken ablenken könnte. Ich musste ein Thema finden, das ihm am Herzen lag (von Isabella abgesehen), und mir kam der Gedanke, dass ich den Keks mit dem eingeprägten J hätte mitbringen sollen. In den letzten ein, zwei Tagen hatte ich den vagen Gedanken gehegt, ob man ihn nicht dazu einsetzen könne, um die Gemeinsamkeiten der verschiedenen über das Feld verstreuten Siedlungen hervorzuheben; und vielleicht könnte man sogar einen einfachen Handel in Schwung bringen. Selbstverständlich wäre Hartopp bei diesem Projekt eine zentrale Rolle zugefallen (er war schließlich einer der wichtigsten Keks-Experten), doch leider hatte ich meine Kostprobe vergessen. Die Gelegenheit war verpasst.

Zu allem Übel sah ich nun Hogust auf uns zuspazieren.

Das ist jetzt wirklich nicht der richtige Augenblick, Hogust, dachte ich, Hartopp kommt wahrscheinlich gut ohne deine ständige Piesackerei aus.

Bei dieser Gelegenheit jedoch sorgte Hogust für genau die Ablenkung, nach der ich gesucht hatte. Offensichtlich hatte er ein weiteres Angebot für Hartopp.

»Sollen wir all diese Brennnesseln um deine Boote herum ausreißen?«, fragte er.

»Nein, danke«, antwortete Hartopp.

»Wir verlangen auch nichts dafür«, fügte Hogust hinzu.

Das war natürlich ein Trick, um sich leichteren Zugang zu den Booten zu verschaffen, aber Hartopp wollte davon nichts wissen.

»Ich reiße sie selbst aus, wenn es nötig wird«, sagte er. »Vielen Dank.«

Hogust gab Frustlaute von sich, dann versuchte er es auf eine andere Tour.

»Hartopp, überleg mal«, sagte er. »Du brauchst deine Boote doch gar nicht mehr, überlass sie einfach mir. Ich will damit sagen, du hast dich hier fest niedergelassen und wahrscheinlich mit der ganzen Reiserei abgeschlossen.«

»Vielleicht stimmt das«, sagte Hartopp. »Aber ich möchte die Boote für alle Fälle behalten.«

»Für welche Fälle?«

Hartopp gab keine Antwort. Stattdessen ging er zum Angriff über.

»Und im Übrigen«, sagte er, »hast du dich hier ebenfalls fest niedergelassen. Das kann gar nicht anders sein. Wann immer du deine Abreise vorbereitest, änderst du in letzter Sekunde deine Meinung und holst die Segel wieder ein.«

»Das machen wir eben so«, sagte Hogust. »Wir sind Seeleute. Wir kommen und gehen, wie es uns passt.«

»Aber wenn ihr Seeleute seid«, sagte Hartopp, »warum baut ihr euch dann nicht neue Boote?«

Bei dieser Bemerkung verschlug es Hogust kurz die Sprache. Sein überraschter Gesichtsausdruck ließ erkennen, dass ihm nie in den Sinn gekommen war, Boote selbst zu bauen. Auf welche Art und Weise er zu seiner gegenwärtigen veralteten Flotte gekommen war, war sein Geheimnis; aber bei seinem Räuberinstinkt konnte ich mir die Antwort ziemlich gut vorstellen.

»Natürlich könnten wir welche bauen, wenn wir es wollten«, stotterte er. »Aber bisher war das selten nötig.«

»Es ist ziemlich einfach, wenn man weiß, wie es geht«, fügte Hartopp hinzu.

»Klar.«

»Ich könnte dir helfen, wenn du möchtest.«

»Ist schon gut«, sagte Hogust. »Trotzdem vielen Dank. Wenn ich es recht bedenke, haben wir eigentlich genügend Boote.«

Neben mir bewegte sich etwas, und ich bemerkte, dass sich im Laufe unserer Unterhaltung Brigant zu uns gesellt hatte. Um hierherzukommen, hatte er Hogusts dicht gedrängte Siedlung durchqueren müssen, aber blanke Neugier hatte die Oberhand über seine Abneigung gegen Dreck und Lärm gewonnen. Jetzt stand er da und musterte interessiert den Mann mit den buschigen Augenbrauen.

»Machst du dich auf den Weg?«, fragte er.

»Eigentlich hatte ich das nicht vor«, antwortete Hogust. »Hängt vom Wetter ab.«

Das klang in meinen Ohren ganz nach einer Ausrede fürs Nichtstun. Hogust hatte ganz eindeutig nicht die geringste Absicht abzureisen, doch er leugnete diese Tatsache (vor allem vor sich selbst). Zudem das Wetter als Argument anzuführen, war vollkommen unsinnig: Ein Mann mit seiner Erfahrung sollte in der Lage sein, bei jedem Wetter zu segeln, wenn er es denn wollte. Seit

Aldebarans überstürzter Abreise einige Wochen zuvor hatte es keinen Tropfen mehr geregnet. Auf dem Großen Feld war es trotz aller Unkenrufe trocken geblieben. Daher war es verlockend für Leute, die in Zelten lebten, und zu denen gehörte natürlich auch Hogust. Trotzdem tat er immer so, als wäre er auf dem Sprung.

Hartopps Verhalten war dagegen beeindruckend gewesen. Er hatte seine Enttäuschung wegen Isabella in einen erfolgreichen Schlagabtausch mit Hogust umgelenkt, und das schien ihm geholfen zu haben. Außerdem hatte er jetzt auch Brigant zur Rückendeckung.

»Ich hatte überlegt«, sagte er nach einer Weile, »dass ein paar von uns in den Nordwesten übersiedeln könnten.«

»Was meinst du damit?«, fragte Hogust.

»Na ja«, antwortete Hartopp, »es ist der einzig unbewohnte Teil des Feldes. Mir ist natürlich klar, dass es dort ein bisschen wild und stürmisch ist. Aber es gibt reichlich Platz für alle, denen Herausforderungen gefallen. Eigentlich überrascht es mich, dass sich bislang noch niemand dort niedergelassen hat.«

»Für die meisten Leute sind die Lebensbedingungen wahrscheinlich zu hart«, merkte Brigant an. »Man muss schon ziemlich robust sein, um es dort länger auszuhalten.«

»Wirklich?«, fragte Hogust.

Er drehte sich um und spähte in den Nordwesten, wo in der Ferne dunkel die Berge aufragten.

»Eine Herausforderung, meint ihr?«, sagte er leise. »Ja, vermutlich.«

Hartopp und Brigant hatten Hogust genau richtig eingeschätzt. Ich überließ die drei ihrer Diskussion über die Vor- und Nachteile eines Umzugs in den Nordwesten und machte mich auf den Heimweg. Ob Hartopp seine Gefühle für Isabella auf Eis gelegt oder sich einfach nur zusammengerissen hatte, war schwer zu sagen. Jedenfalls hatte er überzeugend eine heitere Miene aufgesetzt, was mir nicht gelang. Ich geriet immer tiefer in Verzweiflung, und ein Blick auf das strahlend weiße Zelt machte es nicht besser. Unter dem verzierten Vordach und von der Nachmittagssonne in weiches, warmes Licht getaucht, lagen Thomas und Isabella und ruhten sich aus.

Nun war ich es, der Ablenkung brauchte. Ich wandte mich um und freute mich, Hen zu sehen, der zufällig am westlichen Ufer umherstreifte. Da Hen normalerweise der Letzte war, der zufällig irgendwo umherstreifte, nahm ich an, dass er etwas mitzuteilen hatte. Ich ahnte auch, dass es etwas Vertrauliches sein musste. Ich änderte entsprechend meine Richtung und ging auf den Fluss zu, bis unsere Wege sich kreuzten. Dann spazierten wir schweigend gemeinsam am Ufer entlang. Hen brach das Schweigen erst, als wir ein gutes Stück gegangen waren. Thomas hatte ihm während meiner Abwesenheit einen förmlichen Besuch abgestattet.

»Plötzlich tauchte er an meinem Zelt auf«, sagte Hen. »Eine ganz schöne Überraschung.«

»Ja. Das kann ich mir vorstellen.«

»Er entschuldigte sich dafür, das Feld damals zu einem derart kritischen Zeitpunkt verlassen zu haben. Aber daran seien allein Julians Leute schuld gewesen.«

»Ach, ja?«

»Sie sollen mit Thomas ziemlich übel umgesprungen sein«, fuhr Hen fort. »Sie hätten ihn unter falschen Vorwänden weggelockt und dann alle möglichen Tricks und Kniffe angewandt, um seine Rückkehr hinauszuzögern.«

Wieder einmal machte mich Thomas' überspanntes Selbstwertgefühl fassungslos. Offenbar ging er davon aus, die gesamte Bevölkerung des Feldes habe nur darauf gewartet, dass er zurückkehre und seinen alten Standort wieder einnehme. Ich begriff nicht, wie er wirklich glauben konnte, dass das irgendjemanden kümmerte, doch Hen war empört.

»Worin genau bestanden diese falschen Vorwände?«, fragte ich.

»Eine ziemlich traurige Geschichte«, sagte Hen. »Anfänglich spielten sie ihr Interesse am Großen Feld herunter. Sie würden sich lediglich umschauen, betonten sie. Doch bei näherer Befragung stellte sich bald heraus, dass Spekulation ihr Beweggrund war. Sie erzählten Thomas, sie würden ähnliche Optionen auch an anderen Standorten in Betracht ziehen; und zum Beweis ihrer Redlichkeit luden sie ihn ein, dabei zu sein, wenn sie verschiedene andere Möglichkeiten in den südlichen Gefilden jenseits des Flusses prüfen wollten. Spontan sagte er seine Begleitung zu, ein Entschluss, den er bald bereute. Julian entpuppte sich im Laufe der Reise als äußerst ehrgeizig, und die Beziehung zwischen ihm und Thomas wurde schließlich unhaltbar.«

»Ehrgeiz«, sagte ich. »Ist Julian deswegen gestürzt worden?«

»Sehr wahrscheinlich«, sagte Hen. »Danach wurde das Leben für Thomas beschwerlich. Julians Nachfolger behaupteten zwar, es habe sich nichts verändert und er sei nach wie vor ihr Ehrengast. Doch in Wirklichkeit fühlte er sich wie eine Geisel: ohne Freunde und fern der Heimat. Erst nach langem Kampf gelang ihm der Ausbruch.«

Hen hielt inne und blickte in den Südosten.

»Und als Folge davon traut Thomas niemandem mehr über den Weg«, erklärte er. »Und darum nimmt er jetzt die Dienste von Horsefall und Griep in Anspruch.«

»Sind das die Leute, die letzte Nacht hier angekommen sind?«

»Ja«, sagte Hen. »Nach allem, was man hört, sind sie altgediente Kämpfer.«

»Für mich sehen sie eher wie Gangster aus.«

»Nun ja, Hogust sieht wie ein Gangster aus«, entgegnete Hen. »Aber dennoch hast du dich, so scheint es, mit ihm recht gut angefreundet.«

»Das ist nicht das Gleiche«, sagte ich. »Hogust hat sich im Nordosten niedergelassen, während wir mit dieser Horde praktisch Tür an Tür leben.«

Hen zuckte mit den Schultern.

»Wenn es dir nicht passt«, sagte er, »dann musst du wohl woandershin ziehen.«

Hen war offenbar entschlossen, keinerlei Kritik an Thomas' Urteilsvermögen hinzunehmen. Mir war seine unerschütterliche Loyalität schwer verständlich, aber mit ihm darüber zu diskutieren, brachte nichts. Trotzdem hatte ich meine Zweifel. Als wir unseren Spaziergang wiederaufnahmen, überlegte ich, ob Thomas nicht einen schweren Fehler begangen hatte. Denn Horsefall und Griep waren alles andere als freundliche, friedliche Gefolgsmänner: Ganz im Gegenteil – das waren Leute, mit denen nicht zu scherzen war, und mit ihren Komplizen ebenso wenig. Ihre Zeltburg würde jeden davon abhalten, sich in der Nähe anzusiedeln; und vielleicht war es genau das, was Thomas wollte. Dennoch fragte ich mich, welchen Preis er für seine Splendid Isolation gezahlt hatte.

Wir waren bei unserem Spaziergang nun im äußersten Südwesten des Feldes angekommen. Hier bot sich uns ein sehr erfreulicher Anblick: Yadegarian und sein Gefolge waren damit beschäftigt, friedlich ihre Lauben zu schmücken, Kekse zu backen und die Kupferwanne zu polieren. Hen freute sich über die Kekse, vor allem, weil man seinen Rat befolgt und Vorräte angelegt hatte.

»Du bist für uns eine Vaterfigur«, sagte Yadegarian zu ihm. »Du bist jederzeit willkommen.«

»Vielen Dank«, entgegnete Hen und sah sich um. »Ich muss zugeben, eure Siedlung scheint perfekt.«

In der Tat war der Kontrast zu dem Chaos im Nordosten nicht zu übersehen. Anstelle von Durcheinander herrschte Ruhe, anstelle von Streit und Geplänkel war hier Harmonie. Doch zugleich entging mir nicht, dass eine Atmosphäre von Gefährdung über ihrem Lager lag. Freundlichkeit und Gastfreundschaft waren gut und schön, aber sie boten keinen Schutz vor Überfällen, Plünderungen und Raub.

»Ein Keks gefällig?«, fragte Yadegarian.

»Da sage ich nicht Nein«, antwortete ich.

»Sie sind ganz frisch gebacken.«

»Noch besser.«

Auf dem mir angebotenen Keks war die aufgehende Sonne eingeprägt, was in meinen Augen Yadegarians Hoffnungen und Sehnsüchten voll entsprach. Als ich dasaß und schweigend kaute, kam mir plötzlich eine großartige Idee. Am Nachmittag hatte Hartopp den Vorschlag gemacht, dass doch jemand in das bislang unbesiedelte Gebiet im Nordwesten ziehen solle. Das war ganz eindeutig an Hogusts Adresse gerichtet, doch blieb unklar, ob der den Wink verstanden hatte. Aber es gab keinen Grund, warum nicht ich dorthin ziehen sollte. Wenn ich alles recht bedachte, handelte es sich um eine einmalige Gelegenheit. Erstens würde mir der unerträgliche Anblick von Thomas und Isabella erspart bleiben, wenn sie allmorgendlich aus ihrem strahlend weißen Zelt traten. Zweitens wäre es ein willkommener Neubeginn, der mir neue Perspektiven und Horizonte eröffnete. Und zu guter Letzt könnte ich Brigants gewagte Behauptung auf die Probe stellen, dass das Leben im Norden »interessanter« sei.

Ich beschloss, meinen Plan gegenüber den anderen unerwähnt zu lassen. Zumindest vorerst. Ich würde am nächsten Morgen einfach mein Zelt abschlagen und ohne weitere Erklärungen aufbrechen. Ausnahmsweise würde einmal ich in die Rolle des Wagemutigen, des Abenteurers und Pioniers schlüpfen. Vielleicht würde mein Ausflug in den Nordwesten Aufregung verursachen, doch falls es so kommen sollte, kümmerte es mich nicht mehr. Mich überkam ein Freiheitsgefühl, wie ich es seit den ersten Tagen auf dem Feld nicht mehr verspürt hatte; ich war so zufrieden mit mir, dass ich beinahe alles ausgeplaudert hätte.

»Warum lächelst du?«, fragte Hen.

»Nur so«, antwortete ich. »Ich denke gerade über die Zukunft nach.«

Schließlich verabschiedeten wir uns von Yadegarian und gingen auf demselben Weg nach Hause zurück. Drüben im Südosten waren Thomas und Isabella in ein Gespräch vertieft. Oder, besser, Isabella redete, während Thomas dastand und abwesend in die Ferne schaute. Ganz eindeutig hatte er über Isabella noch viel zu lernen. Ich begriff auch nicht viel, aber ich hätte ihm sagen können, dass er sie auf eigenes Risiko ignorierte. Sie hatte die Hände in die Hüften gestützt (untrüglich ein gefährliches Zeichen) und redete ernst und dringlich auf ihn ein, während er sie weiterhin völlig links liegen ließ. Ganz schön dumm! Wenn er nicht aufpasste, würde er sie vollends verlieren (wenigstens hoffte ich das).

Ich hatte vorgehabt, bei Tagesanbruch alle mit meinem Umzug zu überraschen. Doch als der Morgen dämmerte, war es an mir, überrascht zu sein. Ich sah hinaus und bemerkte, dass über Nacht weitere Zelte hinzugekommen waren; fast ein Dutzend – alle in unterschiedlichen Farben –, die einen zweiten Außenring um die Behausung von Thomas und Isabella bildeten. Das Paar war nunmehr zahlenmäßig hoffnungslos unterlegen, und es war ganz klar, wer für die Neuzugänge verantwortlich war. Die neuen Zelte hatten wie jene von Horsefall und Griep steil aufragende Wände und Spitzdächer; daher nahm ich an, dass die beiden einige Freunde und Bekannte hinzugeladen hatten. Zweifellos war das Große Feld mittlerweile berühmt geworden, und zwar zu Recht. Doch kam es mir merkwürdig vor, dass die jüngsten Neuzugänge im Schutz der Dunkelheit dazugestoßen waren. Als ich das riesige Meer von Zelten vor mir sah, die sich mit flatternden Fahnen und wehenden Wimpeln im Wind blähten, fragte ich mich, ob sich Isabella das Monate zuvor wirklich so vorgestellt hatte.

Doch ging mich das alles nichts an, und ich machte mich an die Umzugsvorbereitungen. Ich ging rasch und umsichtig zu Werke, ordnete meine Habseligkeiten und schlug mein Zelt ab. Eine halbe Stunde später war alles in einem Reisekoffer verstaut beziehungsweise in Bündeln verschnürt. Es würden zwei, drei Touren nötig sein, um alles an den neuen Standort zu schaffen, und so setzte ich mich kurz hin, um auszuruhen.

Drüben im Südosten waren Horsefall und Griep zwischen ihren Zelten unterwegs. Ich hatte keine Ahnung, wer von den beiden welche Funktion hatte, doch mein Eindruck war, dass Horsefall der Anführer und Griep sein Stellvertreter war. Ihr Auftreten war nüchtern, beherrscht und respektvoll. Ganz bestimmt waren sie, anders als Hogusts wilde Horde, keine Unruhestifter. Und doch – die Art und Weise, wie sie die Köpfe zusammensteckten und tuschelten, hatte etwas von Heimlichtuerei. Deshalb sollte man die beiden auf jeden Fall im Auge behalten.

Sie waren gerade am zweiten Außenring stehen geblieben, als Thomas an seinem Zelteingang erschien und einen Blick auf die Umgebung warf. Unverkennbar überraschte ihn, was er da sah: Er nahm sichtlich Haltung an, ehe er hinaustrat und zu Horsefall und Griep marschierte, um zu protestieren. Er zeigte auf die neuen Zelte, fuchtelte mit den Händen und erhob verärgert die Stimme. Seine Worte konnte ich nicht hören, doch ihr Sinn war eindeutig: Mit dem Einladen von Freunden hatten die Neuen eindeutig Grenzen überschritten. Horsefall und Griep verzogen bei allem keine Miene. Sie blieben stehen, sahen Thomas mit vor der Brust verschränkten Armen an, nickten ab und zu, erwiderten aber nichts. In der Zwischenzeit waren einige ihrer Gefährten aus den Zelten aufgetaucht und begannen am Flussufer auf und ab zu spazieren. Sie waren erst seit einem Tag hier, doch machten sie auf mich den Eindruck, als fühlten sie sich bereits wie zu Hause. Und ich konnte mir nicht vorstellen, dass sie wieder abreisten, nur weil Thomas ihre Gegenwart missfiel. Es war das klassische Dilemma: Thomas hielt jetzt den Südosten aufgrund seiner *force majeure* besetzt, doch gleichzeitig hatte er nun eine riesige Menschenhorde am Hals, und das unmittelbar vor seiner Haustür.

Als Nächstes tauchte Isabella auf, und als sie ohne Umschweife auf die neuen Zelte zumarschierte, rechnete ich damit, dass sie sich sofort in den Kampf stürzen würde. Ich hatte sie als erbitterte Gegnerin kennengelernt und machte mich auf eine harte Auseinandersetzung gefasst. Doch an diesem Morgen war Isabella besonnen, ruhig und gefasst; außerdem unternahm sie alles, um den Konflikt zu lösen. Thomas hatte den beiden in den vergangenen fünf Minuten gesagt, wo es langging, und war auf taube Ohren gestoßen. Isabella ging völlig anders vor. Sie begrüßte Horsefall und Griep lächelnd mit einem Handschlag und hörte ihnen höflich zu, als sie ihre Sicht der Dinge darlegten. Natürlich verstand ich die Worte wieder nicht, doch am Ende fand man zu einer Übereinkunft, und die Parteien trennten sich. Ob Thomas mit der Lösung zufrieden war, blieb unklar, doch zumindest war die Lage nun entspannt. Eines stand fest: Er würde lernen müssen, inmitten seiner Nachbarn zu leben.

Ich hingegen würde bald überhaupt keine Nachbarn mehr haben! Mit grenzenloser Freude trug ich meine

Habseligkeiten in den fernen Nordwesten und schlug ein neues Lager auf. Dort war es wild und stürmisch, genau wie Hartopp gesagt hatte. Es war auch überall Platz, was mich begeisterte. Ich suchte mir einen Standort und stellte das Zelt so auf, dass sich vor meinem Eingang das leicht abfallende Feld erstreckte. Der Blick in den Südosten war teilweise durch den Erdwall versperrt, doch ansonsten sah ich alles, was vor sich ging, ohne daran beteiligt zu sein. Es war perfekt, und ich fragte mich, warum ich nicht schon früher umgezogen war.

Erst Stunden später wurde mir die Antwort klar. Ich saß allein vor meinem Zelt und hatte niemanden zum Reden, nicht einmal Hen. Aus der Ferne drangen Stimmen über das Feld zu mir, doch ich konnte an keinem Gespräch teilnehmen. Außer auf ferne Zelte zu schauen, hatte ich nichts zu tun, und schon bereute ich meine Entscheidung. Eine Rückkehr kam jedoch nicht infrage. Mein Stolz ließ eine Umkehr nicht zu; und so musste ich aus meiner neu gefundenen Einsamkeit wohl das Beste machen.

Als der Nachmittag sich dahinschleppte, sah ich zu, wie die Schatten allmählich immer länger wurden; nach einer Weile bemerkte ich, dass ich Besuch bekam. Brigant trottete von Norden heran.

»Bist du Hogust also zuvorgekommen«, sagte er beim Näherkommen.

»Ja«, entgegnete ich. »Sieht so aus.«

»Er will bei der ersten Gelegenheit hierherziehen.«

»Wirklich?«

»Das behauptet er.«

»Kommt er über den Fluss?«, erkundigte ich mich. »Oder will er seine Boote über Land tragen?«

»Keine Ahnung«, sagte Brigant. »Er hat keine Details erwähnt.«

Diese letzte Bemerkung überraschte mich überhaupt nicht. Hogust hatte keine Details erwähnt, weil er wahrscheinlich gar nicht umziehen wollte. Es war alles nur Getue. Hogust war Experte, wenn es darum ging, Gerüchte und Spekulationen in die Welt zu setzen; und ich war mir sicher, dass er etwas im Schilde führte. Trotzdem, es war nett von Brigant, dass er mich in den neuesten Klatsch einweihte.

Hätte er ein wenig länger gewartet, hätte er mir wirklich eine Neuigkeit überbringen können: Sie war an sich recht unbedeutend, doch mit ihr begannen sich die Dinge auf dem Großen Feld langsam zu verändern.

Und so kam es, dass ich unbewusst Zeuge dieses Ereignisses wurde. An jenem Nachmittag hatte ich ein einsames Segel entdeckt, das sich im Osten den Fluss hinunterbewegte, hatte es aber nicht weiter beachtet. Ich nahm an, es sei eines von Hogusts Booten auf Probetour. Doch es stellte sich heraus, dass Hollis seinem Vater die Stirn geboten, ein Boot genommen und sich auf den Weg in den Süden gemacht hatte. Er war an Isabellas ehemaligem Standort an Land gegangen und hatte in der Nähe sein Zelt aufgeschlagen. Ich erfuhr das alles erst am nächsten Tag; unterdessen war Eldred seinem Bruder in einem zweiten Boot gefolgt. Hartopp war selbstverständlich wie vom Blitz getroffen, doch wollte er sich auf keinen Fall einmischen.

»Sie sind alt genug für eigene Entscheidungen«, sagte er zu mir, als ich ihn später besuchte. »Es ist ihre Wahl.«

»Ich bin erstaunt, dass sie sich in den Süden begeben haben«, sagte ich. »Wenn es ihnen um unerforschtes Land ginge, hätten sie sich in den Nordwesten aufmachen müssen.«

»Das hatte ich auch erwartet«, erwiderte Hartopp. »Aber ihre Vorlieben haben sich verfeinert.«

»Ach ja?«

»Es scheint, dicht aufeinanderhockende Menschen gefallen ihnen besser als die Weite der Natur.«

»Aber nicht die eigenen aufeinanderhockenden Leute.

»Nein«, sagte Hartopp. »Das wäre viel zu einfach gewesen.«

Er war sichtlich niedergeschlagen. Das Wort »Verrat« kam ihm zwar nicht über die Lippen, aber womöglich lag es ihm auf der Zunge.

Um sich von seinen vielen Sorgen abzulenken, flüchtete Hartopp sich in harte Arbeit. Mit meiner Hilfe zog er das eine Boot, das ihm verblieben war, noch weiter an Land und machte es fest; dann verbrachte er den Nachmittag damit, die Nesseln zu beseitigen. Ich hätte ihm dabei geholfen, aber das war nicht nötig. Hartopp förderte aus seinem Werkzeugvorrat eine Sichel zutage, schärfte sie und drosch unbarmherzig auf die Nesseln ein, bis sie alle flach am Boden lagen.

Als er mitten in der Arbeit war, schlenderte Hogust am Ufer entlang auf ihn zu; natürlich hatte er von Hollis' Flucht erfahren. Er sah Hartopp eine Weile zu und sagte dann: »Ich wette, du wünschst dir, du hättest mir die Boote überlassen, stimmt's?«

Hartopp unterbrach seine Arbeit und warf Hogust einen vernichtenden Blick zu.

»Nein«, sagte er schließlich. »Ich wünschte, ich hätte sie leck geschlagen.«

Hogust sagte nichts mehr und kehrte mit gerunzelter Stirn auf demselben Weg zurück, auf dem er gekommen war.

Hollis und Eldred waren nicht die einzigen Neuankömmlinge im Süden. In den nächsten Tagen trudelte eine erlesene Mischung aus Nachzüglern, Hinterherreisenden, Hausierern und Störenfrieden an der Furt ein. Einige ließen sich mit ihren Zelten zwischen denen von Horsefall und Griep nieder, andere in der näheren Umgebung, und wieder andere siedelten am Flussufer. Ich erfuhr von diesen Entwicklungen auf Umwegen, zumeist von Brigant. Es machte ihm Vergnügen, mir die Vorgänge jenseits des Erdwalls zu schildern, vor allem gefiel ihm, dass Thomas ganz allmählich von Neuankömmlingen eingekreist war. Offenbar sah das strahlend weiße Zelt mittlerweile so aus, als sei es belagert.

»Geschieht ihm nur recht«, sagte Brigant. »Er führt sich auf, als würde sich die ganze Welt nur um ihn drehen. Aber in Wahrheit ist er ein Blender.«

»Ja«, sagte ich. »Das sehe ich ganz genauso.«

»So wie er sich gebärdet, könnte man denken, sein Zelt sei mit goldenem Tuch ausgekleidet!«

Brigant ließ unerwähnt, welche Rolle Isabella bei all dem spielte; vielleicht wusste er es auch nicht. Mir kam der Gedanke, dass sie ihr tägliches Schwimmen im Fluss auf Druck von außen hatte aufgeben müssen. Mit den Leuten, die überall umherstreiften, war es vermutlich unmöglich geworden, sich ungestört in der Abgeschiedenheit des sonnengesprenkelten Schilfs treiben zu lassen. Außerdem würde das Wetter bald nicht mehr zum Baden im Freien geeignet sein. Jeden Tag wurden die Wolken dichter und der Wind stärker. Noch hatte es nicht geregnet, aber es konnte nicht mehr lange dauern.

Mit den langen Herbstabenden kam eine weitere Veränderung auf: Es stellte sich heraus, dass über das untere Feld eine nächtliche Ausgangssperre verhängt worden war. Um Punkt zehn Uhr wurden die Lichter gelöscht, und unter den Bewohnern breitete sich Stille aus. Doch nicht alle schliefen. Bis zum Morgengrauen waren die Schatten von Gestalten zu sehen, die in den Gängen zwischen den Zelten patrouillierten, vermutlich um sicherzustellen, dass alles so war, wie es sein sollte. Die Wachmänner gehörten ganz sicher zu Horsefalls Leuten, und ich fragte mich, was wohl der Sinn und Zweck der Ausgangssperre sei. Sehr wahrscheinlich diente sie ausschließlich Isabella; sie sollte ungestört ihren Schlaf genießen können. Wenn das stimmte, dann weitete sich ihr Einfluss aus. Vielleicht war die Ausgangssperre aber auch einfach nur eine Maßnahme, um Ordnung und Sicherheit zu gewährleisten. Sehr wahrscheinlich war das die richtige Erklärung; und sie erfüllte die Siedler des Nordens mit großer Genugtuung, denn dort war man derartigen Beschränkungen nicht ausgesetzt. Allein die Vorstellung, Hogust eine Ausgangssperre aufzuerlegen, war absurd.

Unterdessen setzte sich die Einwanderungswelle fort. Flussaufwärts tauchten bis auf den letzten Platz besetzte Boote auf. Sie fuhren ausnahmslos an den nordöstlichen Siedlungen vorbei und steuerten stattdessen geradewegs die vor Kurzem von Hollis und Eldred erbaute Anlegestelle an. Rasch sprach sich herum, dass die beiden für diesen Service eine geringe Gebühr verlangten. Soweit ich wusste, war es das erste Mal, dass im Großen Feld irgendeine Abgabe erhoben wurde; und angeblich verdienten die beiden sich mit ihrem Unternehmen eine goldene Nase. Hartopp enthielt sich jeden Kommentars, als er diese Neuigkeit erfuhr; darum war es schwer zu sagen, ob er stolz war auf die Initiative seiner Söhne oder enttäuscht über ihren schamlosen Opportunismus. Wie auch immer – das Geschäft war typisch für die Zeit.

Die Vorgänge im Südosten hatten unsere ungeteilte Aufmerksamkeit. Und so geschah es, dass niemand den zerlumpten Kerl bemerkte, der eines stürmischen Tages aus der Wildnis zu uns kam. Er trug wie Thomas einen Bart und war barfuß; aber damit endeten auch schon die Gemeinsamkeiten. Der Neue hatte keine persönlichen Gegenstände und kein Zelt bei sich; er besaß nur eine raue Decke, in die er sich zum Wärmen einhüllte und mit der er sich nachts zudeckte. Er nannte sich Hippo und war nach eigenen Worten gekommen, um zwischen den Zelten zu wandeln und zu den Menschen zu sprechen. Als erste Station seiner Mission wählte er die Siedlung im Nordosten und stand bald in Hogusts Zelteingang. Zu seinem Unglück werteten das einige Männer mit den Langbooten als eine unerhörte Unverschämtheit. Sie packten Hippo und waren drauf und dran, ihn in den Fluss zu werfen, als Hogust für ihn eintrat.

»Lasst ihn zuerst reden«, sagte er. »Dann überlegen wir, was wir mit ihm machen.«

Hippo erwies sich als sehr redegewandt und erklärte, er habe eine dringende Nachricht zu überbringen.

»Schieß los«, sagte Hogust. »Wir wollen sie hören.«

»Die Menschen sind noch nicht bereit«, antwortete Hippo.

»Ich dachte, die Nachricht sei dringend.«

»Ist sie auch.«

»Und warum drückst du dich dann so umständlich aus?«

Hippo stellte Hogusts Geduld auf eine schwere Probe, doch war er sich anscheinend nicht im Klaren darüber, was er damit riskierte. Statt die Frage zu beantworten, verkündete er hochtrabend, dass er die Menschen zuerst einzeln aufsuchen und kennenlernen müsse.

»Erst dann kann ich meine Geschichte erzählen«, erklärte er. »Möchtest du in der Zwischenzeit etwas zu der Sache beitragen?«

»Nein, ganz sicher nicht!«, schnauzte Hogust ihn an. »Wenn du auf ein Almosen aus bist, geh zu Hartopp.«

Von einem Chor aus Buhrufen und Schmähworten begleitet, ließ Hippo das Lager rasch hinter sich. Es war ein würdeloser Abgang, und er konnte von Glück sagen, dass Hogust ihn ungeschoren davonkommen ließ.

Im Nachbarlager wurde er dagegen herzlich willkommen geheißen. Wie von Hogust prophezeit, erwies sich Hartopp als großherziger Wohltäter. Er gab dem Gast

Speise und Trank und bot ihm sogar ein leer stehendes Zelt an. Überraschenderweise entschied Hippo sich aber dafür, unter dem Sternenhimmel zu schlafen.

»Bis die Menschen bereit sind«, sagte er, »soll der Himmel mein Zelt sein.«

Hippo hielt sein Wort und wickelte sich, als alle anderen in ihren Zelten schlafen gingen, in seine Decke und schlief ein. (Später gestand Hartopp mir, dass er deswegen ein ganz schlechtes Gewissen gehabt habe.)

Am nächsten Morgen nahm Hippo nach einem ausgiebigen Frühstück seine Mission wieder auf. Er beabsichtigte, allen vier Ecken des Feldes einen Besuch abzustatten; und so tauchte er, nachdem er bei Brigant gewesen war, unvermeidlich an meiner Schwelle auf. Zum Glück war ich von den anderen vorgewarnt und auf ihn vorbereitet. Ich hörte höflich zu, als er seine einleitende Rede hielt, die ganz eindeutig eine Abwandlung eines umfassenden Themas war. Währenddessen überlegte ich, ob er ein aufrichtiger Visionär war, ein Scharlatan oder bloß ein Opfer seines Selbstbetrugs. Fürs Erste beschloss ich, ihm im Zweifel Glauben zu schenken und ihm höflich zu begegnen. Darum langte ich, als er um einen kleinen Beitrag bat, in mein Zelt und holte den Keks hervor, den Hen mir geschenkt hatte. Einen Augenblick verspürte ich Bedauern: Schließlich hatte ich mit dem Keks Großes vorgehabt. Er hatte den Buchstaben J eingeprägt und war unerlässlich für mein Vorhaben, Handelsbeziehungen zwischen den verschiedenen Siedlungen auf dem Feld aufzubauen. Unter diesem Gesichtspunkt reichte der Wert des Kekses weit über das

Materielle hinaus. Doch jetzt verschenkte ich ihn, um Hippo loszuwerden.

Er bedankte sich überschwänglich, sagte Auf Wiedersehen und machte sich in den Südwesten auf. Sein Weg führte ihn am Erdwall vorbei, den er kurz in Augenschein nahm, bevor er zu Hens Zelt weiterging. Hen war aus irgendeinem Grund nicht da, und so war Yadegarians entfernt gelegene Siedlung das nächste Ziel.

Ich hatte die Vorstellung, dass Hippo Yadegarian und seine Leute viel aufgeschlossener finden würde als die anderen auf dem Feld. Sie waren, so wie er, Menschen mit großem Idealismus; und ich ging davon aus, dass sie ihn mit offenen Armen empfangen würden. Entsprechend verblüfft war ich, als ich erfuhr, dass sein Besuch ein komplettes Desaster gewesen war. Wieder hatte ich nur Berichte aus zweiter Hand, aus denen aber hervorging, dass Hippo die in Ehren gehaltene Kupferwanne nicht gutgeheißen habe. Er kritisierte die Siedler heftig dafür, dass sie sie morgens, mittags und abends auf Hochglanz polierten, und verurteilte den Brauch als »albern« und »würdelos«. Außerdem wies er sie an, die Wanne abzudecken und nur für ihren vorgesehenen Zweck zu verwenden. Yadegarian und seine Leute waren über Hippos Kritik verärgert und jagten ihn wütend aus ihrem Lager.

Hippo schien dazu ausersehen, für den Rest seines Lebens unter freiem Himmel zu schlafen; doch sein Schicksal wendete sich rasch, als er sich in den blühenden Südosten aufmachte.

Thomas und Isabella hatten seit Kurzem ein privates Ritual eingeführt. Jeden Morgen unternahmen sie eine

»Rundreise« durch ihr Hoheitsgebiet, wobei sie einer festen Route folgten, die sie an der Zeltburg vorbei, am Ufer entlang und bis zur Furt führte. Als ich von ihrem täglichen Ausflug erfuhr, war mir sofort klar, dass Thomas und Isabella sich damit dem gemeinen Volk präsentieren wollten: er in seinen weißen wallenden Gewändern, sie in ihrem leuchtend roten Tuch. Es war ein kalkulierter Auftritt und ein weiteres Beispiel für die unverfrorene Demonstration ihres Herrschaftsanspruchs. Und doch gelang es Hippo, die Situation für seine Zwecke zu nutzen. In einem Augenblick, den er mit Bedacht gewählt hatte, verwickelte er das spazierende Paar in ein Gespräch und ermahnte es, sich vor Eitelkeit zu hüten. Selbstverständlich riskierte er mit einer derart unverblümten Äußerung eine brüske Zurückweisung; Thomas war nicht gerade für seine Zurückhaltung bekannt, und Isabella hatte, milde ausgedrückt, ein aufbrausendes Temperament. Die Begegnung hätte für Hippo leicht zu einer weiteren Katastrophe werden können, aber bei dieser Gelegenheit hatte er Glück. Vielleicht lag es an seinen nackten Füßen und am Bart oder vielleicht auch an seiner Eloquenz. Was auch immer der Grund gewesen sein mag, rasch stellte sich heraus, dass der Fremde Isabella überaus faszinierte. Kaum waren sie sich begegnet, bat sie ihn inständig, die bislang zurückgehaltene Nachricht mitzuteilen. Doch auch dieses Mal blieb Hippo hart – er könne sie erst überbringen, wenn er allen Gegenden des Feldes seinen Besuch abgestattet habe. Diese Vorbedingung diente lediglich dazu, ihn noch geheimnisvoller erscheinen zu lassen; und insbesondere bei Isabella erzielte sie die gewünschte Wirkung.

Auf der Stelle erbot sie sich, Hippo auf seiner Tour durch den Südosten zu begleiten; sie versicherte ihm überdies, man werde ihm in Zukunft nicht mehr die Tür vor der Nase zuschlagen. Thomas war unterdessen in Schweigen verfallen. Es war schwer zu sagen, ob er in Hippo einen Freund sah, einen potenziellen Rivalen oder ihn einfach für undurchschaubar hielt. Jedenfalls sagte er nichts zu Isabellas Ankündigung.

Hippos Mission kam in Schwung. In Begleitung von Isabella ging er von Zelt zu Zelt, bis man ihn in der ganzen Gegend kannte. Dann kündigte er für den nächsten Tag eine öffentliche Versammlung an, zu der wir alle eingeladen waren. Wieder erwies sich Isabellas Hilfe als unschätzbar. Anscheinend hatte Hippo Bedenken geäußert, was seine Wirkung auf die Bewohner nördlich des Erdwalls anging. Er war besonders enttäuscht darüber, dass es ihm nicht gelungen war, Hogust für sich zu gewinnen; und er war unsicher, ob überhaupt jemand aus dem Nordosten zur Versammlung kommen würde. Selbstverständlich weigerte Isabella sich, derartige Zweifel überhaupt zuzulassen.

»Mach dir um Hogust keine Sorgen«, verkündete sie. »Ich mach das schon.«

Isabella stand zu ihrem Wort und marschierte über das Feld, machte einen Bogen um den Erdwall, ohne groß einen Blick auf ihn zu werfen, und begab sich auf direktem Weg zu Hogusts Lager.

Der arme Hogust hatte keine Chance, ja, er hatte Isabella nicht einmal kommen sehen. Er war mit den Segeln an einem seiner Boote beschäftigt, hisste sie und holte sie wieder ein, als sie mit einem Mal vor ihm stand. Es war ihre erste persönliche Begegnung, doch Isabella hielt sich nicht mit einer förmlichen Begrüßung auf. Stattdessen kanzelte sie Hogust an Ort und Stelle ab, weil seine Siedlung so unordentlich war; als er sie daraufhin sprachlos ansah, teilte sie ihm mit, wann und wo die anstehende Versammlung stattfinde. Darüber hinaus wurde er darauf hingewiesen, dass man es nicht hinnehmen werde, wenn nur einige wenige kämen.

»Mit einer Handvoll Leute geben wir uns nicht zufrieden«, schloss Isabella ihre Rede. »Wir wollen, dass jeder Einzelne von euch erscheint.«

Widerstand war zwecklos. Hogust ergab sich ohne Widerworte.

Isabella stand jetzt der gesamte Norden offen, und sie entlockte Hartopp rasch das Versprechen, sie zu unterstützen.

Brigant stellte eine viel größere Herausforderung dar. Die Liste seiner Einwände war unerschöpflich: Sie beruhten auf seinem generellen Misstrauen gegenüber Außenseitern (selbst Leute, die Isabellas Zustimmung gefunden hatten, blieben verdächtig), auf seiner Abneigung gegen öffentliche Versammlungen (weil sie allerlei Störenfriede anzogen) und auf Empörung darüber, die ganze Strecke in den Südosten »latschen« zu müssen.

»Na, wenn du nicht kommen willst – zwingen kann ich dich nicht«, sagte sie. »Aber es ist sehr schade, dass du dir Hippos Geschichte nicht anhören willst.«

»Ich sehe das nun mal so«, erwiderte Brigant. »Und ich habe nicht gesagt, dass ich nicht kommen werde.«

»Also besteht noch Hoffnung?«, fragte sie.

»Vielleicht«, sagte er. »Vielleicht auch nicht.«

Überflüssig zu erwähnen, dass Isabella sich nicht die Mühe machte, mich ausdrücklich zu der Versammlung einzuladen. Sie muss mich auf ihrem Heimweg vor meinem Zelt stehen gesehen haben, doch vermied sie jeden Blickkontakt und schaute stattdessen geradeaus auf Hens Zelt. Soweit ich hinterher erfuhr, versicherte er ihr, er werde alles daransetzen zu kommen; dann erkundigte er sich zufällig, ob sie bereits bei Yadegarian und den anderen Siedlern im Südwesten gewesen sei.

»Kommt nicht infrage!«, fuhr sie ihn an. »Hippo sagt, für sie gebe es keine Rettung.«

Hen war über ihren Ausbruch ziemlich schockiert, und als ich ihn am nächsten Tag sah, hatte er sich noch immer nicht vollständig erholt.

»Ich habe doch nur nachgefragt«, sagte er kleinlaut. »Und sie ist mir fast an die Gurgel gesprungen.«

Er habe nach wie vor das Bedürfnis, Yadegarians Leute trotz ihrer eigenartigen Bräuche in Schutz zu nehmen, sagte er zu mir; und ich vertraute ihm an, dass auch ich eine gewisse Nähe zu ihnen empfände.

»Klingt ganz so, als habe Hippo bei Isabella tiefen Eindruck hinterlassen«, bemerkte ich. »Normalerweise lässt sie sich nicht durch die Meinung anderer beeinflussen.«

»Stimmt«, sagte Hen.

»Ich bin auf seine Geschichte sehr gespannt.«

»Du gehst also zu dieser Versammlung?«

»Klar«, sagte ich. »Ich bin zwar nicht offiziell eingeladen, aber es sollte nicht schwierig sein, mich unbemerkt unters Volk zu mischen.«

»Also, ich fürchte, ich habe meine Meinung geändert«, sagte Hen. »Ich glaube, Hippo wird hier alles zugrunde richten.«

Er drehte sich um und blickte düster in den Südwesten, als sähe er dort grausige Warnungen. Doch kurz darauf wurde mir klar, dass er die riesigen dunklen Wolkenberge betrachtete, die sich am Horizont auftürmten. Ich spürte auch, dass der Wind etwas aufgefrischt hatte. Es braute sich ein Unwetter zusammen – kein guter Tag für eine öffentliche Versammlung, schoss es mir durch den Kopf. Nach meiner Schätzung verblieben uns bis zum Sturzregen höchstens noch zwei, drei Stunden.

Das Wetter schien allerdings niemanden sonderlich zu interessieren. Die Versammlung war für zehn Uhr vor dem strahlend weißen Zelt angesetzt, und es trafen bereits die ersten Grüppchen ein. Hartopp und sein Gefolge machten anfänglich einen zurückhaltenden Eindruck; doch Isabella ging zur Begrüßung ausdrücklich auf sie zu und sorgte dafür, dass sie sich rasch wohlfühlten. Hogusts Kumpane waren weit weniger zaghaft: Sie lärmten und störten wie gewohnt, als sie in Horden den Erdwall überkletterten und sich wie auf einem Eroberungsfeldzug aufführten. Doch irgendwie schafften sie es, ihre üblichen Exzesse zu zügeln, und taten nichts Schlimmeres, als die anderen Bewohner anzüglich anzugrinsen. Hogust hatte beschlossen, sich per Boot in den Südosten zu begeben. Er kam unter vollen Segeln den Fluss herunter und ging (ohne zu bezahlen) an Hollis'

Steg an Land. Unter den wachsamen Blicken von Horsefalls Männern stolzierte er durch die Zeltburg und tat im Vorbeigehen so, als wolle er sie inspizieren. Es war ein Gockelgehabe: Hogust wollte den Ereignissen eindeutig seinen Stempel aufdrücken.

Ich hatte mich unterdessen ganz hinten unter die Menge gemischt. Neben mir stand Brigant, der in letzter Minute aufgetaucht war und beteuerte, er sei lediglich als neutraler Beobachter zugegen. Soweit ich sah, waren nur Hen (aus privaten Gründen) und Yadegarian nicht gekommen (er war von der Versammlung ausdrücklich ausgeschlossen). Es war eine recht große Zusammenkunft, bei der viele Menschen auf engem Raum dicht gedrängt standen; und ich fragte mich, wie Hippo es anstellen wollte, mit seinen Worten jeden Einzelnen zu erreichen. Doch als ich den Hals reckte, erspähte ich eine niedrige Holzbühne, geradezu ideal für so eine Veranstaltung (später erfuhr ich, dass Hollis sie gegen ein Entgelt gebaut hatte). Die gründliche Organisation beeindruckte mich, muss ich zugeben. Und als Hippo erschien, war klar, dass auch er sehr gut vorbereitet war.

Um Punkt zehn Uhr ging ein freudiger Aufschrei durch die Menge; sie teilte sich, und von hinten erschien Hippo. Alle begriffen, dass der Eindruck entstehen sollte, vor ihm hätte sich eine imaginäre Tür geöffnet; doch der wirkliche *coup de théâtre* kam, als er die Bühne betrat. Er war in seine übliche raue Decke gehüllt, die er unversehens abwarf – und darunter trug er nichts als einen Lendenschurz! Den Zuschauern stockte der Atem; dann hob er die Arme, um Ruhe zu gebieten.

»Vielleicht wisst ihr es nicht«, hob er an. »Aber das hier ist das auserwählte Feld: der Ort, an dem sich bedeutsame Ereignisse anbahnen und entfalten. Wenn ihr euch gut darum kümmert, es in Ehren haltet und beschützt, werdet ihr belohnt werden.«

Er hielt inne, damit seine Worte ihre Wirkung entfalten konnten.

»Doch muss ich euch sagen«, fuhr er fort, »dass mein Volk einst ein Feld hatte, das eurem hier sehr ähnlich war. Eine üppige grüne Wiese mit einem Fluss drum herum. Und wir lebten ruhig und friedlich mit unseren Nachbarn zusammen. Oft beglückwünschten wir uns gegenseitig, dass wir den idealen Ort zum Leben gefunden hatten. Und wir glaubten, es würde immer so weitergehen.«

Wieder hielt Hippo inne.

»Dann erschienen eines Tages ohne Vorwarnung die Männer mit den Eisenhelmen«, sagte er schließlich. »Sie wollten das Feld für sich allein haben. Also trieben sie uns alle zusammen, zerstörten unsere Zelte und führten uns weg.«

»Oh, wie schrecklich!«, rief Isabella.

Sie stand ganz vorne im Publikum und schlug vor Entsetzen die Hände vors Gesicht. Alle anderen waren still, als hätte Hippo sie verzaubert. Als er weiter sprach, klang seine Stimme noch ausdrucksvoller, was die Dramatik nur noch steigerte.

»Sie brachten uns in eine Gegend, die von verseuchtem Sumpfland umgeben war«, verkündete er, »und pferchten uns für die Ewigkeit hinter einen Zaun. Unser Leben war furchtbar, und viele von uns verloren jede Hoffnung. Doch zum Glück gelang es mir zu fliehen. Ich kämpfte mich durch die Wildnis, bis ich auf eure üppige Wiese traf, wo ich mich endlich wieder sicher fühlen kann.«

Es kam etwas Bewegung in die Menschenmenge; die Leute erinnerten sich an den Tag, als Hippo angekommen war und dass manche ihn freundlicher als andere willkommen geheißen hatten. Zweifellos hatte er Teile seiner Geschichte ausgeschmückt, um eine größere Wirkung zu erzielen; doch ebenso wahrscheinlich war, dass sie im Wesentlichen der Wahrheit entsprach. Gemurmel erhob sich; und ich spürte, dass sich allgemeine Besorgnis breitmachte. Außerdem beunruhigte mich, was Hippo über die Männer mit den Eisenhelmen gesagt hatte. Horsefalls Handlanger befanden sich in Grüppchen unter uns und hatten bei den Ausführungen keinerlei Reaktion gezeigt – auch Thomas nicht, der unter seinem Vordach stand und die Versammlung von dort verfolgte. Doch konnte ich mich des Eindrucks nicht erwehren, dass uns einiges verschwiegen worden war. Und das Ungesagte warf unbeantwortete Fragen auf.

Unterdessen kam Hippo mit seiner Rede zum Ende.

»Seid auf der Hut vor Zerstörung durch Außenseiter. Ihr mögt denken, so etwas kann hier bei uns nicht geschehen. Aber ich versichere euch, es ist sehr wohl möglich, insbesondere, wenn ihr euch untereinander nicht einig seid.«

Jetzt hob er den Zeigefinger und deutete nach Norden.

»Dieser Erdwall«, rief er, »bedeutet Teilung und Schwächung! Ihr müsst ihn augenblicklich niederreißen!«

Die Menge brüllte Zustimmung; doch genau im selben Augenblick ertönte ein noch viel lauteres Getöse. Auf einen Blitz folgte unmittelbar ein gewaltiger Donner, und ich sah eine riesige Regenwand am Himmel, die sich aus dem Südwesten heranschob. Die Menschen flüchteten in alle Richtungen, und nur wenige Unverwüstliche blieben vor der Bühne stehen.

»Hippo, schnell!«, rief Isabella. »Du musst dich unterstellen!«

Sie versuchte, ihn zum strahlend weißen Zelt zu führen; doch er widersetzte sich ihren Bemühungen.

»Mein Werk ist noch nicht vollendet«, sagte er.

»Das muss jetzt warten«, entgegnete sie. »Nun komm schon!«

»Aber ich kann doch nicht einfach bei dir und Thomas einfallen.«

Mittlerweile prasselten dicke Regentropfen vom Himmel. Isabella dachte kurz nach, dann rannte sie ins Zelt und kam mit einem sorgfältig gefalteten, leuchtend roten Bündel wieder heraus.

»Hier«, sagte sie energisch. »Du kannst mein Zelt haben.«

Noch ehe Hippo protestieren konnte, fügte sie hinzu, dass sie es ihm schenke und er es daher nicht zurückweisen könne. Unter ihrer Aufsicht wurde das leuchtend rote Zelt von helfenden Händen rasch aufgebaut. Es stand genau an der Stelle, wo die Versammlung stattgefunden hatte, und schien im Regen und Dämmerlicht zu glänzen. Hippo bedankte sich bei Isabella und zog sich sofort in das schützende Zelt zurück.

Auch alle anderen flüchteten sich in ihre Zelte; Hogust musste indes feststellen, dass sein Boot beschlagnahmt worden war. Er lief völlig durchnässt auf dem Anleger hin und her und erfuhr von Hollis, dass er das Boot nur dann zurückerhalte, wenn er die ausstehende Gebühr entrichte.

»Aber ich habe nie Bargeld dabei«, wehrte sich Hogust. »Ich kann's nicht glauben.«

»Ja«, erwiderte Hollis. »Das scheint mir auch ganz so.«

»Kannst du nicht nur dieses eine Mal eine Ausnahme machen?«

»Nein, tut mir leid.«

»Und warum nicht?«

»Wenn ich bei dir eine Ausnahme mache, dann muss ich das auch bei allen anderen tun«, sagte Hollis. »Und das wäre doch nicht sehr fair, oder?«

»Ich fände es sehr fair«, sagte Hogust.

Sein Bitten und Betteln brachten ihn nicht weiter. Hollis (von Kopf bis Fuß in Regenkleidung) weigerte sich nachzugeben; und schließlich blieb Hogust nichts anderes übrig, als über den Erdwall zu klettern und zu Fuß nach Hause zu laufen.

Er war nicht der Einzige, der in den Regen geriet. Die Entfernung zu meinem Zelt erschien mir auf einmal sehr weit; und als ich mich nach Norden vorkämpfte, stellte ich voller Zorn fest, dass vor allem das obere Feld von der Regenflut betroffen war. Vermutlich hätte ich vorübergehend bei Hen oder sogar bei Brigant Unterschlupf gefunden; aber ich eilte weiter, bis ich meinen einsamen Außenposten erreicht hatte. Im Zelt war es glücklicherweise trocken, und so machte ich es mir gemütlich und ließ den Abend verstreichen. Nach einer Weile begann ich über Hippos Rede nachzudenken und überlegte, ob man seiner Aufforderung folgen und den Erdwall niederreißen würde. Was die Durchführbarkeit anging, kam ich zu dem Schluss, dass die Antwort »wahrscheinlich nicht« lautete. Es war für die Leute ein Leichtes, Hippos Gebot zu begrüßen und zu bejubeln, doch hatte ich meine Zweifel, ob den Leuten klar war, wie viel harte Arbeit dieses Vorhaben bedeuten würde. Ich wusste das natürlich aus Erfahrung. Außerdem müssten sie erst einmal begreifen, dass es nicht nur darum ging, die Erde wieder in den Graben zu schaufeln. Ganz im Gegenteil – jede Schicht müsste sorgfältig flach gewalzt werden: sonst würde am Ende sehr viel Erde übrig bleiben. So eine Aufgabe erforderte sorgfältige Planung mit einer Person an der Spitze, die den Überblick hatte. Selbstverständlich hatte ich nicht die Absicht, meine Dienste anzubieten; aber es war denkbar, dass Hartopp und Hogust diese Herausforderung annehmen würden. Beide besaßen die notwendigen Fähigkeiten. Doch angesichts ihrer Meinungsverschiedenheiten in der Vergangenheit gelangte ich zu der Ansicht, dass die Aussichten für eine Arbeitsgemeinschaft sehr gering waren.

Es regnete bis zum nächsten Tag; und als der Regen endlich aufhörte, hatte es auch mit dem sanften herbstlichen Sonnenschein ein Ende. Der Himmel blieb grau und bewölkt, und aus dem Westen wehte ein feuchtkalter Wind. Am Vormittag ging ich zum Graben, um nachzusehen, ob er den Sturzregen bewältigt hatte; und ich erkannte sofort, dass er seine Funktion ausgezeichnet erfüllt hatte. Auf seiner ganzen Länge waren die Brennnesseln vom starken Regen platt gedrückt. Und ein Blick in den Südosten zeigte mir, dass der Boden dort zwar nass und schlammig war, aber bei Weitem nicht unter Wasser stand. Tatsächlich gingen die Leute mehr oder weniger unbeeinträchtigt ihrem Alltag nach. Das Drainagesystem war sichtlich ein Erfolg, und mir kam der Gedanke, dass mein Argument sich letztendlich als richtig erwiesen hatte. Dieses ganze Gerede vom Trennungswall, vom Verteidigungsbollwerk und so weiter konnte man endlich im Namen des gesunden Menschenverstands zu den Akten legen.

Zumindest dachte ich das.

Ich stand recht zufrieden mit mir am Graben, als ich in der Ferne eine verärgerte Stimme rufen hörte: »Warum habt ihr nicht längst mit der Arbeit angefangen? Ihr dürft nicht eine Sekunde länger warten.«

Es war Hippos Stimme; er lief zwischen den Zelten umher und spornte seine Anhänger zum Handeln an. Bald darauf erschienen sie mit allen möglichen Gerätschaften (Spaten, Schaufeln, Pickeln, Rechen und Hacken) am Damm und begannen unsachgemäß darauf einzudreschen. Ich sah entgeistert zu, als große Erdbrocken in den Graben flogen.

Rasch beteiligten sich auch Hogusts Männer an der überstürzten Verwüstungsaktion, und ihr Vorgehen war ähnlich amateurhaft. Statt sich besonnen ans Werk zu machen, zeigten sie mehr Interesse, mit den Leuten aus dem Süden in einer Orgie der Zerstörung zu wetteifern. Lachend und scherzend stießen sie ihre Pickel und Spaten in den Wall, der schon sehr ramponiert aussah. Nun kam Hartopp den Graben entlang; er versuchte, Ordnung in die Situation zu bringen.

»Nein, nein!«, rief er. »Ihr macht das ganz falsch. Ihr müsst die Erde richtig feststampfen.«

Selbstverständlich hörte ihm niemand zu. Immer wieder trafen neue Horden von Arbeitswilligen ein, die offenbar nichts anderes im Sinn hatten, als den Wall so schnell wie möglich dem Erdboden gleichzumachen. Mir fiel allerdings auf, dass manche Leute begeisterter bei der Sache waren als andere; und dass die weniger Eifrigen von Horsefalls Männern beschwatzt und angetrieben wurden, damit sie sich mehr anstrengten.

Meine zweite Beobachtung war verblüffender. Mir fiel plötzlich auf, dass Hippo nicht unter den Arbeitenden war. Den ganzen Vormittag hatte ich ihn die Menschen ermahnen hören, sie sollten sich nach Leibeskräften anstrengen; doch danach hatte er durch Abwesenheit geglänzt. Später fand ich heraus, dass er den Rest des Tages damit verbracht hatte, vor seinem neuen roten Zelt zu faulenzen, Thomas und Isabella zu empfangen und überhaupt jeder Anstrengung aus dem Weg zu gehen.

Unterdessen wurden seine Anweisungen aufs Wort ausgeführt. Das stundenlange Schaufeln zeigte Wirkung, und der Wall war sehr geschrumpft. Doch nun stellte sich ein unvermeidliches Problem: Der Graben war fast vollständig mit der ausgehobenen Erde zugeschüttet, und man wusste nicht wohin mit dem Rest. Die einzige Lösung war, weiter Erde aufzuhäufen, in der Hoffnung, dass sie sich irgendwann setzen würde. Es gab keine Alternative. Als man die Arbeiten wiederaufnahm, schüttelte Hartopp bei dem Unsinn, den er da sah, den Kopf.

»Vielleicht wird sich die Erde setzen«, gestand er zu. »Doch das wird sicher Jahrhunderte dauern.«

Unten am Steg lag ein beschlagnahmtes Langboot. Hogust war zu stolz, um seine Freigabe zu bitten, und hatte nicht die geringste Absicht, die »Zwangsabgabe« (wie er es nannte) zu entrichten. Und so beschloss er, das Boot einstweilen dort zu lassen, wo es war.

»Ich brauche es gerade nicht«, sagte er. »Wenn Hollis sich im Winter darum kümmern will, dann soll er es tun.«

Daraufhin überbrachte man Hogust die Nachricht, dass diese Entscheidung ihn verpflichte, eine Abgabe für einen saisonalen Liegeplatz zu entrichten. Er reagierte darauf mit dem Schwur, den Südosten nie wieder zu betreten. Die Leute dort seien Geldhaie, sagte er, die einen nur ausnehmen wollten! Sie könnten das verdammte Boot behalten, und er hoffe, es werde verrotten!

»Das würde ihnen recht geschehen!«, verkündete er.

Hogusts Eindrücke vom Südosten mochten der Wirklichkeit nicht hundertprozentig entsprechen, doch kamen sie in einem Punkt der Wahrheit recht nahe. Man hatte den Eindruck, dass alles und jedes mit einer Abgabe oder Gebühr belegt war und Kosten verursachte: Sie waren praktisch unvermeidlich, und man musste bei allem, was man unternahm, zuerst einmal in die Tasche greifen. Die jüngste Gaunerei bestand offenbar darin, eine Gebühr für das Durchqueren des Flusses zu verlangen; und mich wunderte es überhaupt nicht, als ich erfuhr, dass diese Einnahmen in Thomas' Taschen wanderten. Doch ließ er sich nicht dazu herab, diese Abgabe persönlich einzutreiben: Er bestellte Horsefall und Griep als seine Handlanger. Laut ihrer Aussage, sei es »weithin bekannt«, dass Thomas die Furt als Erster entdeckt habe und mithin befugt sei, von jedem Geld zu verlangen, der sie nutzen wolle.

Horsefall und Griep spielten bei den Tagesgeschäften auf dem Großen Feld in der Tat eine immer größere Rolle. Sie waren nicht nur Thomas' engste Verbündete, sondern ich sah sie auch am Anleger im Gespräch mit Hollis, und sie begleiteten Hippo auf seinen Spaziergängen zwischen den Zelten hindurch. Das alles wirkte sehr vertraut, und mir wurde bewusst, dass ich zum Außenseiter geworden war.

Horsefalls Männer waren nur selten untätig, und eines Tages liefen sie auf dem Feld umher und verteilten Handzettel. Sie gingen systematisch von Zelt zu Zelt und stellten so sicher, dass sie niemanden vergaßen. Sie führten ihre Aufgabe sehr höflich, aber mit einem gewissen Nachdruck aus, der nahelegte, dass man die Handzettel nicht einfach unbeachtet lassen durfte. Ich erhielt meinen kurz vor der Abenddämmerung und setzte mich hin, um ihn im Zwielicht zu lesen. Darauf stand:

WIR MÖCHTEN JEDEN MIT DER TATSACHE BEKANNT MACHEN, DASS DIE KUPFERWANNE, EIN EIGENTUM VON ISABELLA, VOR EINIGEN WOCHEN ENTWENDET UND SEITDEM MEHRFACH SCHMÄHLICH ZWECKENTFREMDET WURDE. ISABELLA IST UNTRÖSTLICH ÜBER DEN VERLUST DIESES VON IHR HOCHGESCHÄTZTEN GEGENSTANDS, AUF DEN SIE EIN UNVERÄUSSERLICHES EIGENTUMSRECHT HAT. DARÜBER HINAUS IST ES IHR WUNSCH, DASS DIE WANNE VOR BLICKEN VERBORGEN UND NUR NOCH FÜR DEN IHR ZUGEDACHTEN ZWECK VERWENDET WIRD. FÜR DIE DIEBE GIBT ES KEINE RETTUNG, DOCH KÖNNTEN SIE ZUMINDEST REUE ZEIGEN, INDEM SIE DIE WANNE UNVERZÜGLICH IHREM URSPRÜNGLICHEN EIGENTÜMER ZURÜCKBRINGEN.

Der Handzettel trug die Unterschriften von Thomas und Isabella. Ich nahm mir die Zeit, ihn gründlich durchzulesen, um sicherzugehen, dass ich ihn richtig verstand; dennoch blieb ich verwirrt. Warum hatten sie einen Handzettel verfasst, wenn doch jeder genau wusste, wo sich die Kupferwanne befand? Sie war von allen vier Ecken des Felds gut sichtbar und alles andere als geheimnisvoll. Wenn Isabella der Meinung war, dass sie eigentlich ihr gehöre, wäre es doch viel einfacher gewesen, direkt zu Yadegarian zu gehen und sie zurückzuverlangen. So weit ich mich erinnerte, hatte Yadegarian die Wanne lediglich zur sicheren Verwahrung an sich genommen. Er war ein vernünftiger Mann, und ich war überzeugt, dass man problemlos eine Übereinkunft erreicht hätte. Stattdessen fuhren Thomas und Isabella schweres Geschütz auf, was nur weitere Unannehmlichkeiten zur Folge haben würde. Die Behauptung, die Wanne sei gestohlen worden, war eigentlich widerwärtig!

Und noch etwas. Beim mehrfachen Lesen des Handzettels kam mir der Verdacht, Hippo könnte beim Verfassen seine Hand im Spiel gehabt haben. Sowohl der Ton als auch die Wortwahl klangen vertraut; und angesichts seiner lautstarken Ablehnung der Kupferwanne kam ich zu der Überzeugung, dass ich richtiglag. Zweifellos hatte sich Hippos Einfluss enorm ausgeweitet: In kürzester Zeit war aus dem zerlumpten Wanderer der Besitzer eines prächtigen roten Zelts geworden; er genoss die vorbehaltlose Unterstützung von Thomas, Isabella, Horsefall und Griep; und jetzt sah es ganz so aus, als bringe er die gesamte Bevölkerung gegen Yadegarian auf. Ich spähte in die zunehmende Dunkelheit und begriff, dass das Große Feld seit Hippos Ankunft einen weiteren Wandel durchgemacht hatte.

Es war schwer zu sagen, ob andere mein Missbehagen teilten. In der Öffentlichkeit wurde der Handzettel mit keiner Silbe erwähnt, doch ging ich davon aus, dass ihn Leute vom Schlage Hartopps mit ihrem ausgeprägten Sinn für Fairness nicht gutheißen würden. Doch die wenigen Male, die ich mit ihm redete, erwähnte er ihn nicht.

Ich sage ausdrücklich »wenige Male«, weil Hartopp mittlerweile unaufhörlich mit Hogust beschäftigt war. Seit dem Zwischenfall am Anleger war Hogust als Nachbar unerträglich geworden. Er begegnete Hartopp nicht mit offener Feindschaft, gab ihm aber eindeutig die

Schuld an Hollis' und Eldreds Verhalten ihm gegenüber. In den nächsten Tagen gab es in Hartopps Siedlung kleine Sabotageakte. Nichts Ernstes, kaum schlimmer als ein schlechter Scherz: gelockerte Zeltleinen, umgeworfene Wassereimer und so weiter. Doch zeigten diese Belästigungen bei Hartopp bald ihre Wirkung. Natürlich standen Hogust und seine Freibeutertruppe sofort im Verdacht, sich auf eine recht plumpe Weise zu rächen. Dafür gab es natürlich keinerlei Beweise, aber man machte sie allgemein für dieses Unwesen verantwortlich. Was Hartopp anging, richtete er sich auf ein Leben in beständiger Wachsamkeit ein. Doch nach einer Weile verbreitete sich ein Gerücht, bei dem Yadegarians Name mit der Sabotage in Zusammenhang gebracht wurde. Es sei, so hieß es, ein unverhohlener Versuch von seiner Seite, die einzelnen Lager gegeneinander aufzuhetzen. Ich hatte keine Ahnung, wie dieses Gerücht zustande gekommen war, aber es gewann an Einfluss und wurde bald zu einer Tatsache, die allgemeine Zustimmung erfuhr. Selbstverständlich war ich empört. Ich kannte Yadegarian gut genug, um sicher zu sein, dass er sich niemals zu solchen Aktionen herablassen würde; und so beschloss ich, die Angelegenheit mit Hen zu besprechen.

Es stellte sich heraus, dass ihn das Gerücht noch nicht erreicht hatte, doch hörte er mir interessiert zu, als ich ihm erzählte, was mir zu Ohren gekommen war.

»Das ist völliger Unsinn«, sagte ich am Ende. »Yadegarian und seine Gefährten sind völlig harmlos. Ihnen liegt jeder Versuch fern, für Unruhe zu sorgen.«

»Da hast du recht«, sagte Hen. »Doch leider sind sie eine Minderheit. Und auf Minderheiten lässt sich am einfachsten herumhacken.«

»Aber ich bin auch eine Minderheit«, entgegnete ich. »Und du ebenfalls.«

Hen runzelte die Stirn.

»Na«, sagte er, »dann halten wir besser Augen und Ohren offen.«

Als wir schweigend zu den wenigen Zelten im Südwesten hinübersahen, dachte ich über seine Worte nach.

»Meinst du«, fragte ich schließlich, »dass man Yadegarian dazu überreden könnte, die Kupferwanne zurückzugeben?«

»Ich fürchte nein«, antwortete Hen. »Ich habe bereits mit ihm gesprochen, und er weigert sich, sie wieder herzugeben. Seiner Meinung nach liegen die Tatsachen auf der Hand: Er hat dafür gesorgt, dass eine verlassene Kupferwanne nicht völlig in Vergessenheit gerät, er hat sie instand gesetzt und hat jetzt den vorrangigen Besitzanspruch. Außerdem, so meint er, will Isabella die Wanne nur zurückhaben, weil das Wetter sich verschlechtert hat und sie nicht mehr im Fluss baden kann.«

»Gute Argumente«, merkte ich an.

»Und es ist unwahrscheinlich, dass er seine Meinung ändert«, sagte Hen.

Es war zehn Uhr morgens, Zeit für Thomas' und Isabellas tägliche »Rundreise«. Wir beobachteten sie, als sie zwischen den vielen Zelten auftauchten und am Ufer entlang zur Furt spazierten. Sie waren allein, und das war ungewöhnlich; normalerweise wurden sie auf ihrem Ausflug von Hippo begleitet, der immer ein Thema fand, das er mit den beiden diskutierte. Offenbar war er nicht nur ein begnadeter Redner, sondern auch ein guter Zuhörer, der für Isabella stets ein offenes Ohr hatte. Von Thomas konnte man das nicht behaupten; er hatte weiterhin die Angewohnheit, nur halb zuzuhören. Er schien in seiner eigenen Welt zu leben und verbrachte Stunden damit, gedankenverloren in die Ferne zu blicken. Bei einem scharfen Wort von Isabella schreckte er für gewöhnlich aus seinen Tagträumen auf; aber sie war über seine Unnahbarkeit noch immer sehr verärgert. Hippo nutzte die Situation aus und wurde zu ihrem engsten Vertrauten. Thomas schien kaum Notiz davon zu nehmen, dass Hippo ihnen immer näher rückte (sogar sein Zelt stand unmittelbar neben ihrem), und hatte offensichtlich nichts dagegen, wenn er sie bei ihren Spaziergängen begleitete.

Doch heute war Hippo weit und breit nicht zu sehen, und sie spazierten allein. Sie hatten gerade die Furt erreicht und blieben stehen, um Horsefalls Männern dabei zuzusehen, wie sie von einigen Neuankömmlingen Gebühren eintrieben. Trotz sich verschlechternder Bedingungen riss der Strom von Leuten, die den Fluss in beide Richtungen durchquerten, nicht ab. An der Thomasfurt (wie sie nun genannt wurde) wimmelte es von Menschen, und sie war zu einer sehr ergiebigen Einnahmequelle geworden. Doch sah ich, dass Isabella überhaupt nicht zufrieden war. Ich bemerkte, dass sie ein, zwei Male in den Südwesten schaute; dann wandte sie sich um und stützte die Hände in die Hüften, ehe sie das Wort an Thomas richtete. Diesmal hatte es den Anschein, als höre er ihr zu; und ich nahm an, sie äußerte ihre Meinung zu der Kupferwanne. Nach längerer Unterhaltung nickte Thomas zustimmend, und die beiden begaben sich gemächlich auf den Heimweg. Unten am Wasser wurden weiter Gebühren eingetrieben.

Seit wann heißt sie eigentlich Thomasfurt?«, fragte Brigant.

»Erst seit Kurzem«, antwortete ich.

Brigant nahm die Information mit einem empörten Brummen auf.

»Kennt die Eitelkeit dieses Mannes keine Grenzen?«, fragte er.

»Wahrscheinlich nicht«, sagte ich.

Ich hatte Brigant auf meinem Weg zurück in den Nordwesten einen Besuch abgestattet, und wir tauschten uns wie üblich über den neuesten Klatsch aus. Ich besuchte Brigant gerne; es war immer Verlass darauf, dass er sich abfällig über Thomas äußern würde, was mich wiederum mit Genugtuung erfüllte. Doch heute interessierte er sich hauptsächlich für etwas anderes.

»Dieser Yadegarian«, sagte er. »Dieser Typ, über den alle reden.«

»Und, was ist mit ihm?«

»Das ist doch ein Freund von dir, oder?«

»Na ja«, sagte ich. »Wir waren eine Zeit lang Kollegen.«

»Als ihr den Erddamm gebaut habt?«

»Genau.«

Brigant sah mich eine Weile an, wandte sich dann um und blickte auf den verwüsteten Wall.

»Der wird nie mehr verschwinden«, sagte er. »Jedenfalls nicht ganz.«

»Ja«, antwortete ich. »Das glaube ich auch.«

»Es werden für immer Spuren von ihm zu sehen sein.«

»Ja.«

Er hätte das natürlich nicht zugegeben, doch spürte ich, dass Brigant diese Tatsache mit Genugtuung erfüllte. Bislang war der Wall ein unübersehbarer Beleg für seine These gewesen, dass das Feld eigentlich aus zwei Teilen bestand; außerdem hatte das Bauwerk ihm einen perfekten Vorwand geliefert, um gegen die Laster des Südens zu wettern. Falls der Damm vollständig verschwunden wäre, wäre es mit dem Lamentieren schwieriger gewesen.

»Sieht so aus, als würde es bald wieder regnen«, sagte er mit Blick zum Himmel. »Vielleicht nicht heute Nachmittag, aber ganz sicher später, und zwar ziemlich heftig.«

Ich machte mich auf den Heimweg, als er noch eine weitere Plane an seinem Zelt befestigte. Überall auf dem Feld stellten sich die Leute auf die von Brigant prophezeite Sintflut ein. Heute Nacht würde keine Ausgangssperre erforderlich sein: Bei Einbruch der Dämmerung würden sich alle in ihre Quartiere zurückziehen und ausharren. Der Regen setzte dann gegen Mitternacht ein und war heftiger als jeder Guss, den ich bislang miterlebt hatte. Stunde um Stunde lauschte ich, wie er unablässig auf mein Zeltdach trommelte, und selbst als der Tag anbrach, regnete es noch immer.

Als ich aus meinem Eingang spähte, sah ich die Katastrophe sofort. Der Fluss hatte sich in einen schlammigen reißenden Strom verwandelt und hatte an mehreren Stellen Teile seines Ufers weggeschwemmt. Wo auch immer ich hinschaute, sah ich durchweichte Erde und überflutete Zelte. Im Südosten war die Lage besonders schwierig – kleine Bäche rannen kreuz und quer über das Feld und sorgten für eine flächendeckende Überschwemmung. Yadegarians Zeltburg lag völlig platt. Ich schlüpfte rasch in meine Stiefel und machte mich auf den Weg, um meine Hilfe anzubieten.

Bei meiner Ankunft in Yadegarians Lager erfuhr ich Beunruhigendes. Man hatte es auf dem Höhepunkt des Sturms überfallen.

»Die Kupferwanne ist gestohlen worden«, sagte Yadegarian außer sich vor Wut.

Er zeigte mir die Spuren der Wanne, als man sie in Richtung Osten durch den Dreck gezogen hatte.

»Wer war das?«, fragte ich.

»Keine Ahnung«, antwortete er. »Ich habe die Eindringlinge nicht zu Gesicht bekommen, aber jemand hat behauptet, es seien Männer mit Eisenhelmen gewesen.«

Als wir die Zelte inspizierten, machten wir eine weitere Entdeckung.

»Die hat nicht der Sturm flach gelegt«, sagte ich. »Die sind mit Absicht zum Einsturz gebracht worden.«

Yadegarian und seine Leute mühten sich im Regen ab, den Schaden in den Griff zu bekommen. Offenbar hatte man vorsätzlich versucht, sie aus ihrem Lager zu vertreiben. Es sei vielleicht keine schlechte Idee, unauffällig einen ehrenvollen Rückzug anzutreten, schlug ich vor.

»So ein Unsinn!«, fuhr Yadegarian mich an. »Wenn wir jetzt das Feld verlassen, haben sie gewonnen!«

»Und was ist, wenn sie wiederkommen?«, fragte ich.

»Darüber machen wir uns Gedanken, wenn es so weit ist.«

Yadegarian war in Trotzlaune, und ich gab jede weitere Diskussion mit ihm auf. Stattdessen folgten wir der Dreckspur, um zu sehen, wohin sie führte. Leider verlor sie sich im Schlamm um die Zeltstadt herum. In der gesamten Gegend herrschte Chaos, und es gab keinerlei Hinweise, wohin die Kupferwanne geschafft worden war. Yadegarian warf einen verächtlichen Blick auf den Aufruhr und stapfte dann zu seinen Gefährten zurück. Mein Angebot, ihn zu begleiten, lehnte er ab.

Ich war in jenen Tagen im Südosten so etwas wie ein Fremder, und so trieb ich mich dort unbemerkt herum und half, wo ich konnte. Sehr bald sah ich Thomas und Isabella in einer Menschenkette stehen, die Vorräte und Ausrüstungsgegenstände in die am schwersten betroffenen Gebiete schaffte. Ihr Engagement war bewundernswert; offenbar wollten sie damit demonstrieren, dass es sie genauso hart getroffen hatte wie ihre Nachbarn. Doch fiel mir auf, dass der Sturm das strahlend weiße Zelt unversehrt gelassen hatte. Vielleicht befand sich in seinem Inneren die entwendete Wanne, vielleicht auch nicht. Mein Verdacht hinsichtlich der Männer mit den Eisenhelmen hatte sich jedenfalls bestätigt. Die gegen Yadegarian gerichtete Aktion hatte gezeigt, wozu sie in der Lage waren, und besorgt überlegte ich, wo sie als Nächstes auftauchen würden.

Unterdessen hing ein großes Fragezeichen über allem, was Hippo anging. Bei den jüngsten Ereignissen hatte er eine Schlüsselrolle gespielt, und zweifellos war für ihn die Rückeroberung der Kupferwanne ein Triumph. Doch war die Flut der Beweis dafür, dass er nicht unfehlbar war. Er war nirgendwo unter den notleidenden Menschen zu sehen, und ich vermutete, er hielt sich versteckt, bis das Wasser sich ein wenig zurückgezogen haben würde. Eine weise Vorsichtsmaßnahme. Immerhin hatte Hippo mit seinem Befehl, den Erddamm niederzureißen, dieses Unglück über alle gebracht. Die Zerstörung eines funktionierenden Drainagesystems war allein seine Schuld, und jetzt waren die Folgen für alle augenfällig.

Merkwürdigerweise war die öffentliche Meinung eine andere. Als ich zwischen Geröll umherwanderte, hörte ich Leute über die Anfänge des Lebens auf dem Großen Feld reden. Sie sagten, es sei ein Hort des Friedens und der Ruhe gewesen, mit üppigem Gras, strahlendem Sonnenschein, und es habe niemals Unglück gegeben. Andere bezeugten, sie hätten niemals eine Flut oder eine andere Katastrophe miterlebt. (Ich sollte erwähnen, die meisten dieser Behauptungen wurden von Neuankömmlingen abgegeben, die es nicht besser wussten.) Bald flüsterte man, mit dem Erdwall habe sich alles geändert. Er habe nicht nur das Feld in zwei gegensätzliche Hälften geteilt, sondern auch den natürlichen Weg des Regenwassers beeinträchtigt. Mit einem Mal sei es immer wieder zu Überschwemmungen gekommen. Der Erdwall, so schlossen sie daraus, sei die Wurzel allen Übels; und schon bald wurde aus Flüstern lärmender Aufruhr. Hatte Hippo sie nicht gewarnt? Und hatten sie ihm gegenüber nicht schmählich Ungehorsam gezeigt? Natürlich hatten sie ihr Bestes getan, um den Erdwall loszuwerden, aber die Männer, die ihn erbaut hatten, waren sehr schlau gewesen! Der Damm stand immer noch zur Hälfte und durchzog das Feld wie eine Narbe, die immer bleiben würde! Jetzt hatten sie ihn immerzu vor Augen, aber zumindest kannten sie die Schuldigen!

Als die Wut der Leute um mich herum langsam aufkochte, beschloss ich, mich aus dem Staub zu machen. Mit diesem Gedanken im Hinterkopf entfernte ich mich absichtlich gelassen aus dem Menschengetümmel.

»Eine Sekunde«, sagte eine Stimme hinter mir. »Wo willst du hin?!«

Ich blickte über die Schulter und sah einen Mann näher kommen. Er trug einen Eisenhelm. Ich ging noch ein paar Schritte weiter und blieb dann stehen, bis er mich eingeholt hatte.

»Und?«, fragte er.

»Mein Zelt steht drüben im Nordwesten«, antwortete ich. »Ich will nur nachsehen, ob da alles in Ordnung ist.«

»Aber hier gibt es Arbeit«, sagte er. »Jeder muss mithelfen, dieses Chaos zu beseitigen.«

Er war ein Hüne und sah bedrohlich aus, verhielt sich aber nicht wirklich unfreundlich. Eigentlich flößte seine ernsthafte Art Vertrauen ein.

»Ich würde gerne mithelfen«, sagte ich. »Aber im Augenblick ist die Hölle los.«

Der Mann sah zu dem wütenden Mob, der, gerade mal einen Steinwurf entfernt, vor Empörung kochte und tobte.

»Ja, sie sind alle ziemlich aufgebracht«, bemerkte er. »Aber sie werden sich gleich beruhigen, da sie ja nun jemanden gefunden haben, dem sie die Schuld geben können.«

»Am Bau des Erdwalls, meinst du?«

»Natürlich«, sagte er. »Das war Yadegarian, oder?«

Wir standen noch da und schauten, als ein lauter Ruf ertönte und die Menschenmenge in den Südwesten strömte. Der Mann mit dem Eisenhelm sah mich forschend an; und plötzlich fiel mir auf, dass ich seine Frage noch nicht beantwortet hatte.

»Nun ja«, sagte ich. »Das entspricht mehr oder weniger den Tatsachen.«

Jonas Jonasson

Mörder Anders und seine Freunde nebst dem einen oder anderen Feind

Aus dem Schwedischen von Wibke Kuhn

352 Seiten

Johan Andersson – seit seinen zahllosen Gefängnisaufenthalten nur noch »Mörder-Anders« genannt - ist frisch aus dem Knast entlassen, braucht eine Bleibe, neue Freunde und ein wenig Kleingeld, um sich das Leben schönzutrinken. Da kommt ihm die Begegnung mit der Pfarrerin Johanna Kjellander, die wegen ihrer atheistischen Gesinnung frisch entlassen wurde, gerade recht. Johanna ist ebenfalls auf der Suche nach dem schnellen Geld und hat eine geniale Geschäftsidee: Zusammen mit dem Hotel-Rezeptionisten Per Persson gründen sie eine »Körperverletzungsagentur« mit Mörder-Anders in der Rolle des Auftragsschlägers. Die Nachfrage läuft blendend. Bis Mörder-Anders irgendwann nach dem höheren Sinn des Ganzen fragt und einfach mal versucht, Jesus anzusprechen. Und das Wunder geschieht: Jesus antwortet. Von diesem Augenblick an will Mörder-Anders sein Leben ändern und nur noch Gutes tun. Er ahnt nicht, dass er damit eine fatale Kettenreaktion auslöst …

Augenzwinkernd, raffiniert und mit einem Feuerwerk an genialen Einfällen hält Jonas Jonasson der modernen Gesellschaft einen Spiegel vor.

»Einer der großartigsten Erzähler der Gegenwart.«

Stern.de